KB071345

예술가 27인의 마음치유이야기

마음아,
이제놓아줄게

이경희 지음

 도서
출판 행복에너지 Gallery lambent

마음아, 이제 놓아줄게

초판 1쇄 발행 2017년 7월 15일

지 은 이   이경희
발 행 인   권선복
편   집   천훈민
디 자 인   서보미
전 자 책   천훈민
그   림   🖼 Gallery lambent
발 행 처   도서출판 행복에너지
출판등록   제315-2011-000035호
주   소   (07679) 서울특별시 강서구 화곡로 232
전   화   0505-613-6133
팩   스   0303-0799-1560
홈페이지   www.happybook.or.kr
이 메 일   ksbdata@daum.net

값 15,000원

ISBN 979-11-5602-503-0 (03810)
Copyright ⓒ 이경희, 2017

도서출판 행복에너지는 독자 여러분의 아이디어와 원고 투고를 기다립니다. 책으로 만들기를 원하는 콘텐츠가 있으신 분은 이메일이나 홈페이지를 통해 간단한 기획서와 기획의도, 연락처 등을 보내주십시오. 행복에너지의 문은 언제나 활짝 열려 있습니다.

예술가 27인의 마음치유이야기

마음아,
이제놓아줄게

이경희 지음

도서 출판 행복에너지   Gallery lambent

"엄마, 호~ 해 줘."

어릴 적 우리는 다치기만 하면 엄마를 불렀다. 엄마는 어린 우리에게 전지전능한 하느님이었다.

여기 쓰인 이야기들은 다친 어떤 이들의 상처에 관한 이야기다. 그리고 그 상처를 들여다보며 따뜻한 입김을 불어넣는 이야기다.

약을 바르고 붕대를 감지 않아도, 누군가의 따뜻한 입김으로, 혹은 걱정스러운 눈빛과 포옹으로 고통과 통증이 덜어지게 되는 이야기다.

상처 치유를 주제로 한, 갤러리 램번트 주최 '마음, 놓아주다' 전시 공모에 많은 예술가들이 지원했다. 그들은 자신의 뛰어난 작품과 작가노트, 그리고 치유 기록을 스스럼없이 우리 앞에 꺼내 놓았다.

거기엔 작품을 통해 승화시킨 그들의 상처와 고통의 이야기가 오롯이 들어있었다.

우리가 가진 모든 상처는, 끝내 놓지 못하고 안간힘으로 붙들고 있는 '마음' 때문이다.

상처를 들여다보며 애써 아픔을 기억할 필요는 없다. 내가 아픈 이유는 그걸 꼭 붙들고 있기 때문이다. 그저 놓아주면 되는 것이다.

놓아주는 것은, 내 마음으로부터 내가 자유롭기 위함이고, 당신 마음으로부터 당신을 자유롭게 해주기 위함이다. 그래서 놓아줄 때에도, 한꺼번에 힘이 쏠리지 않도록, 조심조심 마음을 조절해가며 놓아야만 한다.

선정된 스물일곱 예술가들은, 많은 공모자들과의 치열한 경쟁을 거쳐 여기 함께하게 되었음을 밝힌다.

공모전 당선 작품에 대한 작가의 이야기를 책으로 엮은 일은 아마 우리나라에서 이번이 처음일 것이다. 더구나 요즘 화두인 치유를 주제로 한 건, 해외에서도 전무후무한 일일 것이다.

이런 새로운 시도를 통해, 예술은 현실과 동떨어진 다른 세계가 아니라, 생활이며 일상이며 곧 삶 자체라는 것을 전달하고 싶었다. 또한, 작품에 쏟아놓은 작가의 심상을 함께 공감하며, 우리 모두가 자신의 삶에 대한 좀 더 깊은 시선을 가졌으면 하는 바람이다.

이제 스물일곱 가지 이야기를 시작하려 한다. 물론 이 글을 쓰고 있는 나의 이야기도 함께 들어있다. 그들의 이야기에 힘입어 내 마음도 함께 훌훌 놓아주었음을 고백한다.

책을 읽는 동안, 모른 척 덮어두고 혼자 아팠던, 혹은 너무 아파 외면했던 모든 상처들을 꺼내 함께 치유할 수 있기를 바란다,

그리고 마지막 책장을 덮었을 때, 당신도 온전히 다 놓아주었기를 기대한다.

상처도 힘이 된다.

아픔도 힘이 된다.

아프면 아프다고 비명을 지를 것.

슬프면 슬프다고 목 놓아 울 것.

비명 소리 울음소리 다시 돌아와

슬픔을 썩히고 아픔을 익혀

내 속에서 힘이 된다.

내 속에서 길이 된다.

CONTENTS

마음아
이제 놓아줄게

마음아
이제 놓아줄게

마음아 이제 놓아줄게

훨훨
눈이 내렸다.
하필 김장을 하겠다, 맘먹고 잡아놓은 날
훨훨훨
눈이 내렸다

당신은
고해성사를 한다고 했다.
타박타박
화단에 쌓이는 눈처럼
내 속에 죄가 한 켜씩 불어나고 있는데
타박 타박 타박
당신은 죄를 내려놓고
깃털처럼 가벼이 날고 싶다 했다.

흠뻑 눈에 씻기운 젖은 거리는

고해성사하는 당신처럼 훤히 먼지를 털고

다시 반짝 반짝 반짝

빛이 나기 시작했다.

죄를 비우고 온 당신은

가볍디가벼우리라

훨훨 새처럼 하늘도 날 수 있으리라.

흠뻑 눈에 젖어 돌아온 난

뼛속까지 흥건히 물이 흐른다.

하필이면 이런 날

눈이 내리고

하필이면 이런 날

당신은 고해성사를 한다고 했다.

통증 장지 위에 채색 91.0 X 116.8cm 2015年作

" 그림은
내 감정의
해독제 "

화가의 말 .... 엄진아

　그림은 나에게 있어, 나 자신에 대한 치유의 방법이며 또한 나 자신
그 자체라 할 수 있다. 나는 그림을 통해 나의 감정을 해독한다. 끊임없
는 이야기로 나를 말하고, 누군가 들어주지 않아도 하게 되는 혼잣말처
럼, 작은 종이 앞에서 나라는 존재를 칠한다. 작은 선과 색 사이에 스며
들어, 지나쳐가던 어떤 이들이 있고, 그들을 바라보던 나 또한 있다. 그
렇게 세상 속에 나는 어우러져 있다.

***

다섯 살 어린 소녀가 있습니다.

소녀는 울고 있습니다.

소녀는 길을 잃었습니다.

소녀는 어떻게 앞으로 나아가야 하는지 모릅니다. 소녀는 혼자였습니다.

화가는 가끔 어린 시절 꿈을 꿉니다.

꿈속에 나타나는 다섯 살 꼬마 소녀는 절대 울지 않습니다. 서른이 훌쩍 넘은 자신을 향해 방긋 웃어 줄 뿐입니다.

소녀는 자라서 화가가 되었습니다. 마음 그릇엔 상처를 가득 품은 채, 웃음을 잘 짓는 '어른아이'가 되었습니다.

화가는 사람들의 관계에 많은 관심을 가집니다. 상처의 시작이 관계에서 비롯되었듯, 사랑 역시 관계로 인해 생겨나는 것이라 생각하기 때문입니다.

가끔, 그녀는 관계 속에 자신을 불쑥 던져놓습니다. 관계로 입은 상처를 관계로 회복하고 싶어서일지도 모릅니다. 그러나 어릴 적부터 시작된 오랜 상처를 회복할 수는 없었습니다. 도리어 더 깊은 상처가 되었습니다.

인간에게 있어 관계란 무엇일까.

그녀가 던진 화두는 바로 그림이 되었습니다. 가슴에서 솟는 감정의 울림을 그림에 담고 싶었지만, 그것은 곧 관계에 대한 의문으로 그려졌습니다.

작품 '통증'에서 그녀는, 아픔과 아름다움을 함께 표현하고 싶었습니다. 관계에서 오는 상처와 사랑이 그곳에 담겨있기 때문입니다.

우리 마음속에서 일어나는 무수한 감정을 세세히 펼쳐 보고 싶었다고 그녀는 말합니다. 내적 마주침이 일으키는 소용돌이를, 그 마음의 형상을 그려 보고 싶었다고.

그녀는 왜 관계에, 그리고 내적 감정에 집착하는 걸까요.

그녀에겐 보듬어 주고 싶은 어린 소녀가 있습니다. 속으로 눈물을 흘려 넣으며 작은 입술로는 늘 미소를 지어야 했던 다섯 살 어린 소녀입니다.

소녀는 다섯 살에 엄마를 잃었습니다. 엄마가 떠나고 세상에 혼자 남겨졌습니다. 가족이 있었지만 너무 어려 누구에게도 손을 내밀 수 없었습니다.
따뜻한 품에 안기기도 했지만 이미 비어버린 자리를 채우기엔 소녀는 너무 어렸습니다.

가끔 꿈속을 찾아오는 소녀를 불러 화가는 따뜻하게 안아주고 싶습니다. 하지만 꿈속의 소녀는 늘 웃고 있습니다. 그 웃음이 그녀를 더 아프게 합니다.

나는 누구인가.
가장 가까웠던 관계를 놓쳐버린 다섯 살 때부터, 그녀는 관계에 천착합니다. 사람의 관계란 인연이라는 이름을 달고 복잡하게 얽혀 있다고 생각합니다.

그래서 늘 새로운 인연을 기다렸습니다. 다정하게 마음을 적실 오아시스를, 따뜻하게 안아줄 넉넉한 품을 기다렸습니다.
사랑받기 위해 필사적으로 스스로를 던지며 그들의 삶에 스며들려고 노력하기도 했습니다. 하지만 고달팠던 삶에서 만난 그들은, 자신들의 삶만으로도 이미 벅찬 하루를 살아가고 있음을 알게 되었습니다.

관계에서 멀어져 나올 때마다, 함께한 시간과 마음의 깊이에 비례하는, 많은 것들을 내려놓으며 그녀는 깨닫습니다. 그렇게 처음의 그 자리로 다시 돌아오는 마음의 굴레에 대해서.

쉽게 마음을 거두지 못한다는 것은, 참 미련한 짓이라고 그녀는 고백합니다. 하지만 그녀는, 자신의 손을 놓고 떠난 엄마처럼 쉽사리 누구로부터 떠나는 일을 잘 하지 못합니다. 더 많이 사랑하고, 더 오래 뒷모습을 지켜보는 일에 익숙합니다.

누군가에게 상처가 되지 말자고, 눈물이 되지 말자고 매일 밤 자신을 다독였습니다. 누군가로부터 먼저 손을 놓아버린다는 사실이 얼마나 치명적인 것인지를 너무나 잘 알기 때문입니다.

모퉁이로 내몰릴 때마다 늘, 그림을 그렸습니다.
누군가에게 그림은 위안이고 누군가에겐 삶 그 자체일 것입니다. 하지만 그녀에게 그림은, 잠재된 무의식 속에 남은 관계의 정리였습니다.
과연 나의 붉은 실은 어디로부터 시작하여 어딘가로 끊임없이 이어져 가는 것일까.

마음속에 엉켜 있는 수많은 실타래를 펼쳐놓고 하나하나 따라가다

보면, 이들은 나를 어디로 인도하는 것일까, 그녀는 의문이 들기도 합니다.

하지만 아직 답을 찾지 못했습니다. 답을 찾아내는 과정이 그녀의 그림입니다. 마치 미로 찾기처럼 엉킨, 세세한 선을 따라 여행하는 일이 그녀의 그림입니다.

"그림은 나의 치유의 방법이자 또한 나 자신입니다. 그림을 통해 나의 감정을 해독하고, 그렇게 끊임없는 이야기로 나를 말하고, 누군가 들어주지 않아도 하게 되는 혼잣말처럼, 작은 종이 앞에서 나라는 존재를 칠합니다. 선과 색 사이에 스며들어 그 안을 스쳐가던 이들이 있고, 또 그들을 바라보던 내가 있습니다. 그렇게 나는 세상에 어우러질 수밖에 없었습니다."

담담히 이야기하는 그녀의 목소리는 아직 어린 아이처럼 맑고 예쁩니다.

이리 와요, 안아줄게요.
다섯 살 소녀를 불러봅니다.
많이 아팠죠? 이제 괜찮아요. 잘했어요. 열심히 살았으니. 이제 마음 놓아도 돼요.
눈물 흘리며 달려오는 다섯 살 소녀는 어느새 어른이 되어 있습니다.

손을 놓고 떠난 엄마의 나이가 지금 그대의 나이쯤일 거예요.

세월이 흘러 나이가 들면 그런 생각이 들어요.

'그때 내가 너무 어렸었구나.'라고. 다시 그때로 돌아가면 그러지 않을 거라고.

우리 모두가 다 처음으로 사는 생이니까요. 오늘 하루가 처음인 것처럼, 내일도 그런 처음이겠지요. 소녀의 엄마도 아마 그런 처음을 후회하고 있을 거예요.

이리 와요, 내가 안아줄게요.

이리 와요.

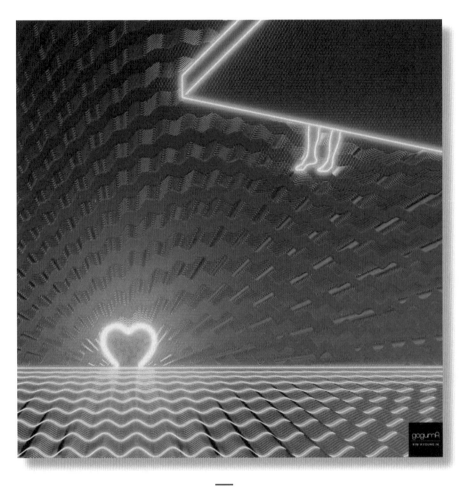

사랑일출 Digital printing on Canvas   80.3 X 80.3cm   2017年作

" 통증과
소통 사이 "

화가의 말 .... 김경인

　많은 사람들이 내 그림을 좋아해주는 것이 나에게는 꽤 큰 희망이었다. 남은 인생이 절망만 있을 줄 알았는데, 아직은 희망은 남아 있겠거니 싶었다. 그래서 마음먹었다. '하루 한 개의 그림을 만들어 업로드 하자!'

　매일 그림을 그렸었던 게 동기가 되어 여기까지 왔다. 하루도 빠짐없이 그림을 만들자는 목표는 나에게 할 일을 제공했고, 나는 그림에 대한 아이디어를 얻기 위해 수많은 생각을 해야만 했다. 정말 시간이 빠르게 흘렀다. 몸이 아프지만, 적어도 내가 어떠한 역할을 할 수 있다는 것이 좋았다. 많은 사람들이 내 그림을 좋아해주고 반응해주는 것이 너무 감사하고 행복했다.

* * *

태양이 떠오르는 순간의 광경은 언제나 감격입니다.

커다란 불덩이가 떠오르면서 와르르 내 온몸을 관통하는 듯싶다가, 어느새 함께 태양 속으로 훅 빠져드는 느낌이 들곤 합니다.

캄캄한 어둠 속을 홀로 지키며 태양이 뜨길 기다려온 사람에게, 일출은 꿈이며, 희망이며, 삶의 빛입니다.

벌써 일출이 시작되었습니다.

그림 속엔 간절히 일출을 기다리는 사람이 있습니다. 화가가 그림에 담아 놓은 그는, 누구일까요?

화가는 우연히 다리를 다쳤습니다. 군 복무 중, 부대에서 일어난 일이었습니다.

처음엔 그냥 넘어진 게 시작이었습니다. 슬쩍 넘어졌지만 심하게 아팠습니다. 여태껏 경험하지 못한 지독한 아픔이었습니다. 그렇게 그 일이 시작되었습니다.

CRPS, 복합부위통증 증후군이라는 병의 시작은, 그냥 우연히 넘어지는 일로부터였습니다.

그땐 그 고통이 이런 병명을 가졌으리라는 건 짐작조차 할 수 없었습니다. CRPS는 TV에서나 보던 희귀한 병이었습니다.

처음 검사를 받고 확진이 나오기 전까지, 그는 매일매일을 엄청난 고통 속에서 지내게 됩니다. 하루에도 몇 번씩 의자에서 굴러 떨어지기도 하고, 목발을 짚고 걷다 바닥에 나뒹굴기도 했습니다.

결국 그는 두 달 반가량의 입원 생활을 접고 의병제대를 하게 됩니다. 군대에서는 더 이상 치료에 도움을 주지 않았습니다. 그 병이 군대에서 생긴 거라는 증거가 없었기 때문입니다.

의병 제대 후, 오랜만에 돌아온 집은 더없이 안락했습니다. 하지만 잠깐의 편안함을 시샘이라도 하듯 통증은 다시 엄습해 왔습니다.

입원 중에는 간호사들이 곧장 달려와 강력한 진통제를 놔주거나, 산소 호흡기를 장착해 심신의 안정을 취하게 해줍니다. 병원은 고통을 가장 빠르게 통제할 수 있는 곳이나, 더 이상 병원 신세를 질 수 없었기에, 그는 고통을 고스란히 몸으로 견뎌야만 했습니다.

CRPS 환자 중 일부는 통증이 오면 바로 119를 부르거나, 통증을 견디지 못한 몇몇은 자살을 하기도 한다고 합니다.

그는 여태 삶을 놓아 버린다는 게 어떤 건지 알지 못했습니다. 그는 그저 견디다 보면 나아지겠지, 단순히 그렇게 생각하며 통증을 버텼습니다.

제대 후 상당 시간이 흘러도, 고통은 더하면 더했지 잦아들 기미가 보이지 않았습니다. 몸은 점점 병에 지치고 있었고 그렇게 정신도 약해지고 있었습니다.

그러다 결국 우울증이 왔습니다.

어쩌면 예정된 수순이라고 화가는 생각합니다. 늘 시선은 6층 창문 너머를 향해 있었습니다. 떨어지면 죽을 수 있을까? 그냥 한순간 연소돼서 사라지고 싶어, 화가는 혼자 중얼거립니다.

하지만 죽음에 실패한다면, 지금보다 더 고통스런 삶을 살게 될지도 몰라. 어머니와 아버지, 여동생의 얼굴이 머리를 스칩니다.

화가는 더욱 슬픕니다. 죽지도 못하고 살아남지도 못하는 이런 상황으로 누가 자신을 데려다 놓았을까, 한탄합니다. 그 한탄이 어떤 날은 몸으로 오는 고통보다 더 심하게 스스로를 내몰았습니다.

왜 이렇게 된 걸까. 하루 종일 울며 지낸 어떤 날이었습니다. 통증에 바닥을 뒹굴고, 통증이 가시고 나면 또 울고, 그런 시간을 보냈던 날이었습니다.

우연히 거울에 비친, 퉁퉁 부은 얼굴을 보았습니다. 얼른 다른 곳으로 얼굴을 돌렸습니다. 저게 내 모습이라니, 정신이 번쩍 들었습니다.

'이렇게 가만히 누워 괴물 같은 모습으로 시간을 흘려보낼 수만은 없어.'

화가는 벌떡 일어나 앉았습니다. 고통이 없는 시간엔 무엇이라도 해야 했습니다. 가만히 누워 마치 고통을 기다리기라도 하는 듯한, 무기력한 자신의 모습을 더 이상 두고 볼 수가 없었습니다.

그는 그림을 그리기 시작합니다.

연필로 시작한, 별 의미 없는 그림이었지만 미술학도답게 그는 그림을 곧잘 그렸습니다. 그렇게 연필을 들었습니다.

그림을 그리는 이유는 특별하진 않았습니다. 그림을 그리면 시간이 빨리 흘렀고 아직은 자신이 살아있고 뭔가를 할 수 있다는 느낌이 좋았습니다.

하지만 그것도 잠시, 그림을 그리다 통증이 엄습했습니다. 아래로 넘어져 바닥을 굴렀습니다. 한참 후 눈을 떠보니 그림은 꾸깃꾸깃 구겨진 채 그의 손에 쥐여져 있었습니다. 종일 그린 그림이 순식간에 쓰레기가 되었습니다.

더 이상 종이에 그림을 그릴 순 없었습니다. 오랜 고민 끝에 마지막에 도달한 건 컴퓨터였습니다. 컴퓨터로 그림을 그리면 적어도 자신 손이 그걸 망쳐버리진 않을 거란 생각이었습니다.

그림과, 컴퓨터 그림은 다른 점이 있었습니다. 그는 자신이 컴퓨터로 작업한 그림을 SNS에 올려 사람들과 공유하기 시작합니다.

사람들이 선호하는 트렌드를 반영해 그림을 그리기 시작합니다. 그림에 환호하는 많은 사람들의 응원이 그에게는 가슴 벅찬 희망이 되었습니다.

다리를 다치고 희귀한 병명을 가지게 된 후, 남은 생은 절망만 있을 줄 알았습니다. 하지만 자신의 그림을 아끼고 좋아해주는 사람들의 관심 어린 댓글을 읽으며, 화가는 거기서 희망을 보게 됩니다.

하루 한 개의 그림을 업로드 하기로, 화가는 굳게 마음먹습니다. 그렇게 매일 그림을 그리며 하루하루를 살았습니다. 중간 중간 기절할 듯 고통스런 통증이 찾아왔지만 그림은 기적처럼 그것을 잘 견디게 했습니다.

매일 그림 작업을 하겠다고 결심하고부터 화가는 바빠집니다. 아이디어를 얻으려 수많은 고민을 해야 했고 자신의 그림을 위해 많은 공부를 해야 했습니다. 그것이 고통을 견디는 힘이었습니다.

　하루도 통증이 없는 날은 없었지만 적어도 자신의 삶에, 스스로 어떠한 역할을 하고 있다는 것이 감출 수 없는 기쁨이었습니다.

　정말 감사하게도 많은 사람들이 화가의 그림을 좋아해 주고 반응해 주었습니다. 너무나 벅찬 행복이었습니다. 그리고 어느 순간, 그는 생의 난간을 힘껏 붙들고 있는 당당한 자신을 발견합니다.

　결국 그림이 자신을 구한 것입니다.
　의병제대를 하고 병원서 집으로 향하던 날 짚고 들어왔던 목발은, 이제 필요하지 않습니다. 이제는 목발 없이 걸을 수 있게 되었습니다.

　그림이 그것을 가능하게 했다고 하면 아무도 믿지 않을지도 모릅니다. 하지만 화가, 그 자신이 증거입니다. 자신이 스스로 할 일을 주었고, 그것을 해내면서 불가능은 가능이 되었습니다.

　"그림이 저를 치료했습니다. 그림을 좋아해주시는 많은 분들의 사랑이 저를 일으켰습니다. 많은 분들께 엎드려 인사를 드리고 싶습니다."
　화가는 고개를 숙입니다.
　이제부터 어떤 미래가 펼쳐질지 모르지만, 앞으로도 그림 작업을 위해 자신을 다 바칠 거라고 화가는 수줍은 웃음을 웃으며 반짝 눈을 빛냅니다.

아주 먼 옛날 mixed materials on Canvas 227.3 X 181.3 cm   2016年作

" 세상에
보내진 선물 "

화가의 말 .... 조보경

　내가 세상에 태어난 게 우연이 아니겠지. 세포 하나하나가 얼마나 복잡한데, 날 만든 신이 분명 꽤나 공들여서 만들었을 존재이거늘. 나라는 존재가 세상에 보내지도록 분명, 심혈을 기울여서 계획되었을 거야. 그 순간들이 난 상상이 되었다. 굉장히 아늑하고 사랑받는, 나조차도 기억이 안 나지만 분명히 있었을 그때가. 이 세상에, 사랑이 없는 이곳에 선물처럼 나를 보내기 위해 얼마나 기뻐하는 마음으로 나를 만드셨을까…….

* * *

칭찬받고 싶은, 사랑받고 싶은 아이가 있었습니다. 하지만 사랑은 부족했고, 아이는 늘 갈증으로 고통스러웠습니다.

'나는 세상에 태어날 때부터 환영받지 못하는 존재였다.'

화가는 생각했습니다.

그래서 노력합니다. 인정받기 위해 사랑받기 위해 끊임없이 노력합니다. 하지만 아무리 노력을 해도 화가는 인정받는다는 느낌을 가질 수 없었습니다. 사랑받는다는 느낌을 가질 수 없었습니다.

화가는 늘 회의합니다. 나는 정말 사랑받기엔 부족한 사람일까. 그

part.1 마음아 이제 놓아줄게

렇다면 나는 왜 태어난 것일까.

　나 같은 사람을 이해하고 사랑하는 사람은 이 세상에 절대 없겠구나. 그녀는 사랑에 목말랐습니다. 아무도 자신을 사랑해주지 않는다는 느낌은 그녀에게 너무나 절망이었습니다.

　그러던 어느 날, 선배 언니를 통해 하나님의 이야기를 듣게 됩니다. 하나님께서 그녀를 만들었다고, 하나님께서는 그녀를 사랑하신다고.
　모태신앙이었던 그녀는, 순간 새롭게 하나님을 다시 만나게 됩니다.

　'우리가 아직 죄인 되었을 때에, 그리스도께서 우리를 위하여 죽으심으로 하나님께서 우리에 대한 자기의 사랑을 확증하셨느니라.'

　하나님이라는 존재가 날 사랑하시는구나, 성경 구절을 읽으며 그녀는 비로소 안도합니다. 절망이 아름다운 희망으로, 즐거움으로 서서히 바뀌었습니다.

　하나님의 사랑 속에서 그녀는 생각합니다. 자신이 세상에 태어난 게 우연이 아니었을 거라고. 분명, 사랑으로 공들여 만들어진 소중한 존재일 거라고.

　누군가 심혈을 기울여 만든, 그런 귀한 존재라면 행복하게 살아야 하지 않을까, 기쁨과 희망으로 살아야 하지 않을까, 화가는 깨닫습니다.

그때부터 화가의 삶은 서서히 기쁨과 희망으로 변화합니다.

그 기쁨을 그려낸 작품이 '아주 먼 옛날'입니다.

"하나님이 나를 만들었다는 것이 제게는 감동입니다. 제가 소중하고 귀한 존재라는 사실과 그분께 사랑을 받고 있다는 게 너무 행복해요. 하늘에서 내가 만들어지는 그때를, 그림으로 표현해보고 싶었어요. 아주 먼 옛날, 하늘에서 있었던 그 순간을."

그녀는 조심스레 고백합니다.
자신의 작업은 스스로를 위한 것이 아니라 하나님을 위한 것이라고. 화가로서 하나님이 어떤 분인지, 자신이 느낀 하나님의 사랑이 얼마나 좋은지, 많은 사람에게 알리고 싶다고 고백합니다.

"누군가 나를 끊임없이 사랑하고 있다는 사실은 저를 기쁘고 행복하게 해요. 태어날 때부터 환영받지 못하고 사랑받지 못한다고 느꼈던 시절은 정말 암흑이었습니다."

내게도, 사랑이라는 것에 목말랐던 어떤 시절이 있습니다.

다 어른이 되고도 난, 엄마가 내 친엄마가 아닐 수 있다는 생각을 합니다. 그 의심은 결혼 후 딸아이를 낳고 더 강해집니다. 딸아이가 사랑스러울수록, 그래서 하염없이 딸에게 사랑을 쏟게 될수록, 내게는 늘 비어있던 엄마의 사랑의 자리를 돌아보게 되었습니다.

그렇다 해서 엄마가 내게 무심했던 건 아닙니다. 오히려 반대였지요. 엄마는 내 삶의 모든 부분에 과도한 관심을 쏟았습니다. 내 주변의 모든 관계, 선생님이나 친구들 사이까지 관여했고 과외나 학원까지 모두 엄마의 결정이 우선이었습니다.

나와 충분한 대화나 교감이 있었다면 그런 엄마를 받아들이는 일이 힘들지 않았을지도 모릅니다. 하지만 교감도 소통도 없었습니다. 모두 일방적이었습니다. 모든 건 엄마의 방식대로 판단하고 결정하였습니다.

거부하여 엄마와 대치되거나, 아니면 복종하거나, 내겐 둘 중 한 가지의 선택만 있을 뿐 절충이란 없었습니다.

엄마와 나는, 여느 엄마와 딸의 사이와 달랐습니다. 엄마의 말을 빌리면, 나는 엄마에게 시어머니보다 더 까다로운 딸이었다고 합니다.

무엇이 먼저였는지 모르겠습니다. 나는 모성애를 보여주지 않는 엄마에게 늘 갈증이 나 있었습니다. 엄마에게서 동물적 사랑을 받아 본 기억이 없으니까요.

엄마는 언제나 내게 빈틈없는 엄마였고, 언제나 논리 정연하고 반듯했지만 나를 푸근하게 안아주지 않았습니다. 내게 살갑지 않은 엄마에게 몸과 마음을 열고 푸근히 기대며 다가갈 틈은 없었지요. 내 마음속의 모든 걸 다 보일 수도 없었습니다.

나는 오히려 엄마가 조금이라도 싫어하는 일을 하지 않으려 노력했습니다. 그런 엄마에게 허술하고 어수룩한 딸이 되기 싫었기 때문입니다. 엄마와 난, 일종의 경쟁구도로 모녀관계를 유지하게 됩니다.

대학시절, 결국 어떤 사건이 일어납니다.
엄마는 내게는 비밀로 하고, 나와 사귀던 남학생의 부모를 만났습니다. 그리고 우리의 교제를 끊도록 종용하기에 이르렀습니다드라마에나 나올 이야기지만 그의 집과 우리 집이 어울리지 않는다는 이유 때문이었습니다.

그때 나는 알게 됩니다. 엄마는 내게 '엄마의 역할'을 하며 살았을 뿐, 진정으로 나를 사랑해주지는 않았다는 것을.

나는 그때 이후 엄마와 정서적으로 결별했던 것 같습니다. 그 이전까지 알수 없이 허허로웠던 감정들을 그때야 비로소 이해할 수 있었습니다. 엄마의 사랑이 담겨야 할 공간이 내겐 너무나 크게 비어있었던 이유를 알 것 같았습니다. 엄마의 부재를 인정하고 나니 차라리 마음이 편했습니다.

아버지가 돌아가시고 마음을 달래려 유럽여행을 떠나는 엄마가 미워 나는 얼마간 연락을 끊었습니다. 오빠와 언니, 여동생은 엄마가 여행을 통해 치유가 돼서 돌아오시길 바랐습니다. 하지만 나는, 바로 얼마 전 아버지의 죽음을 겪은 엄마가 여행을 간다는 사실이 싫었습니다. 이해할 수 없었습니다.

왜 그랬을까… 나는 딸인데… 왜 엄마를 향해 그토록 도사렸던 걸까……. 가끔 그 시절을 생각하면 그런 마음의 나 자신과 그런 상황의 엄마가 떠올라 가슴이 먹먹해지기도 합니다.

그 후 긴 시간이 지났지만 엄마와 나의 관계는 여전했습니다. 언제나 그랬듯 특별히 좋아지지도 나빠지지도 않은 채 살았습니다.

얼마 전 시댁 행사가 있어 바쁜 와중에 엄마에게서 전화가 걸려왔습니다. 바쁘다고 나중에 하자고 전화를 끊으려는 내게 엄마가 말합니다.

"내가 가서 도와주지도 못하고 미안하구나."

엄마로부터 미안하다는 말은 태어나 처음입니다.
갑자기 눈물이 쏟아졌습니다. 엄마가 늙으신 겁니다. 하지만 그 말 한마디로 엄마를 다 용서할 수는 없었습니다. 목소리를 추슬러 전화를 끊었습니다.
지난 주, 한창 바쁜 시간에 엄마가 또 신호를 보내왔습니다. 엄마의 전화라는 걸 알고 얼른 받았습니다. 하지만 전화는 금방 끊어졌습니다. 무슨 일인가 하고 다시 전화를 걸었지만 엄마는 받지 않았습니다.

지방에 혼자 계신 터라 순간 가슴이 철렁 내려앉았습니다. 한참을 더 신호를 보내는 동안 엄마는 전화를 받지 않았습니다. 무슨 일이 생겼나보다, 생각하는 순간 태연한 엄마의 목소리가 들렸습니다.
핸드폰을 잘못 건드려 내게 신호가 간 것 같다고 엄마는 말합니다.

바쁜 와중에 깜짝 놀랐다는 내 타박에 엄마는 금세 목소리가 작아집니다.

'미안하구나. 네가 바쁜 줄도 모르고, 정말 미안하구나.'

나는 아무 말도 못 합니다. 지금 무언가 말을 하면 내 울음 섞인 목소리를 엄마가 듣게 될 것이기 때문입니다.
평생 한 번도 하지 않았던 미안하다는 말을, 엄마는 왜 이렇게 자주 하는 걸까?
나는 그게 너무나 아프고 쓰립니다.

엄마는 미안하단 말을 못 하는 사람인 줄 알았습니다.
정말 그 말이 필요했을 때 한 번도 하지 않았던 엄마를, 그땐 이해했습니다. 엄마는 원래 그런 사람이라고.

그런데 엄마는 지금, 그 말을 합니다. 미안하다고.

그 말에 울컥 울컥 울음이 올라오지만, 나는 아직 엄마를 용서할 수 없습니다. 엄마가 옆에 있음에도 그렇게 목말랐던 나를 떠올려 보면, 나는 아직 엄마를 용서할 수 없습니다.

엄마는 여든이 훌쩍 넘었습니다.

기억조차 하나 둘 잊어가는 엄마를 두고 내 안의 어린아이가 밖으로 뛰쳐나옵니다. 아이는 자꾸만 엄마에게 묻습니다.

엄마, 도대체 왜?

포근히 안아주지도 다독여주지도 않았던 엄마 때문에, 나는 항상 문 밖을 서성였다고, 그래서 늘 외롭고 쓸쓸했다고, 그때 왜 안아주지 않았냐고 아이는 펑펑 울음을 쏟아놓습니다.

엄마는, 자글자글 주름 잡힌 손으로 내 등을 쓰다듬어 줍니다. 미안하구나, 미안하구나 얘야.

왜 엄마는 그 말을 좀 더 빨리 해주지 않았을까요?

또 다른 우주가 사라지는 날 Acrylic on Canvas 90 X 72 cm 2017年作

" 무엇을 하든
죽기 전까지는 해보자 "

화가의 말 .... 박필준

　재수를 시작하면서, 나의 그림 스타일로 인해 부모님과 사소한 충돌
이 조금씩 생겨나게 되었다. 또, 나보다 실력이 못하던 사람들이 좋은
대학에 들어가 자랑을 하고 다니는 모습을 보니, 견디기 힘든 감정이
생겨났다. 분노, 복수심이라고 할지는 모르겠지만 '기필코 성공해서 그
런 사람들보다 잘나게 살아보자.'라는 스스로의 다짐을 했고, 아버지가
해주셨던 말 중 "무엇을 하든, 죽기 전까지는 해 봐라."라는 말을 되새
기며, 다시 처음부터 그림을 그려 나가기 시작했다.

* * *

'또 다른 우주가 사라지는 날'이라는 그림의 제목은 우주의 성분이 인간의 성분과 매우 비슷하다는 데서 착안한 제목이라고 화가는 말합니다.

스스로의 머리에 방아쇠를 겨누고 있는 사람, 그는 누구일까요?

자칫 잘못하면 관자놀이를 향해 총알이 날아갈 것만 같습니다. 화가 자신일까요?

만일 그렇다면 화가는 왜? 자신의 손으로 자신의 머리를 향해 총을 겨누고 있을까요?

화가는 오래 전 우울증을 앓았습니다. 입시 스트레스가 심했던 재수

시절부터 그것이 시작됐다고 화가는 말합니다.

학창 시절부터 세상을 부정적이고 비관적으로 보는 일들이 많았던 화가는 그로테스크한 그림을 좋아하게 되고, 자신의 그림도 그것을 닮아갑니다.

재수를 시작하면서, 그림 스타일에 대한 부모님과의 견해차이로 심한 마음의 갈등을 겪게 됩니다.

처음엔 사소한 우울증이었습니다. 그러다 환청이 시작되었습니다. 그리고 환각 증상도 생겼습니다. 두 시간 거리인 집과 입시학원을 오가며 자신에 대한 회의가 깊어졌습니다. 거기에 부모님과의 갈등, 진로에 대한 압박감이 우울증을 깊어지게 했습니다.

현실의 불만족과 입시 스트레스 때문에 마음속은 항상 부정적인 생각들로 가득했습니다. 혼자 깊은 생각을 하다가 어느 순간 결론에 도달한 지점이 죽음, 바로 자살이었습니다.

하지만 대학 입학을 하고, 그리고 싶은 그림을 마음껏 그리게 되면서, 우울증은 서서히 자연스럽게 사라졌습니다. 환각을 느끼거나 환청을 듣는 일도 없어졌습니다.

화가는 학창 시절 아버지가 해주셨던 말을 잊지 않고 있습니다.

"무엇을 하든, 죽기 전까지는 열성을 다해 매달려라."

화가는 그림을 그릴 때, 가장 행복합니다. 그림을 그리는 동안은 자신이 가지고 있는 모든 아픔이나 슬픔이나 고통이 모두 일시에 멈춥니다.

화가에게 그림은 살아가는 힘을 얻게 하는 생명이며, 자신을 치유하는 주치의입니다.

"죽음을 생각하는 다른 친구들에게 메시지를 주고 싶었습니다."

우주와 사람의 성분이 비슷하다고 화가는 정의합니다.

'또 다른 우주가 사라지는 날'에서 자신의 아픔을 바탕으로 다른 이에게 경고의 메시지를 던져놓습니다.

나 하나 사라지면 그뿐이라고 생각하지만, 내가 사라진다는 것은 우주 하나가 사라지는 것.

우리 아이도 재수를 했습니다.

대학에 합격을 하긴 했지만, 자신이 원하는 학교가 아니었습니다.

휴학을 하고 재수를 시작했습니다. 학원도 열심히 다니고 공부도 열심히 했습니다.

하지만 수능시험 결과는 전과 다를 바가 없었습니다.

재수를 한 이유는 다니던 대학보다 더 나은 학교에 입학하는 것이었지만, 가능성은 거의 없어보였습니다. 시험을 본 후 아이는 심하게 절망했습니다.

성적 발표가 나고 입시원서를 쓸 즈음, 아들아이는 우리에게 제안을 합니다. 체육 관련 학과로 진학을 하겠다는 것입니다.

운동을 좋아하는 아들아이는 태권도 유단자입니다. 원하는 대학 학과의 입학조건을 살펴보니 거기엔 무난히 합격할 수 있을 것 같아 보였습니다.

하지만 우리는 반대했습니다. 단 한 번도, 체육 쪽으로 진학하게 되리라고 생각을 해 본 일이 없기 때문입니다. 그리고 우리 의식은, 아직까지 운동은 취미 이상의 어떤 것이 아니었습니다.

심한 반대에 부딪친 아들아이는 우리를 설득하려고 했지만, 우리는 복학을 종용했습니다. 체육을 전공하게 되면 더 이상 공부에 매달리지 않으리라는 생각 때문에 승낙할 수 없었습니다.

입시지원 마감을 앞둔 어느 날 저녁, 식탁에서 재차 그 이야기가 나왔습니다. 마감이 임박해서인지, 아들아이는 절대 자신의 생각을 굽히지 않았습니다.

나는 아이가 원하는 대로 해주고 싶었지만, 다른 가족들의 생각은 또 달랐습니다.

"내가 죽는다고 해도 절대 허락해주지 않으실 거예요?"

아들아이의 느닷없는 말에 우리는 깜짝 놀라 아무도 답을 할 수 없었습니다.

"왜 거기에 죽는다는 말이 나오니?"

나는 타박하는 것으로 그 말을 막았습니다. 그때 옆에 앉아 있던 대학생인 누나가 식탁에서 일어서며 동생에게 한마디 합니다.

"그렇게 네 목숨이 가치가 없니? 그렇다면 죽는 게 나아. 어떻게 부모님 앞에서 그런 말을 하니?"

딸아이가 일어서 자기 방으로 가는데, 아들이 함께 일어섰습니다. 나는 아들이 자기 방으로 들어가는 줄 알았습니다.

"그래. 누나 말대로 내가 죽어줄게. 내 목숨은 가치가 없나 봐!"

갑자기 현관문을 열고 아이가 뛰어나갔습니다.

순식간의 일이었습니다. 사실 그 순간, 잠깐의 시간은 기억이 나지 않습니다. 정신없이 뒤따라 뛰어나간 것 외에 아무 기억이 없습니다.

아들아이는 아파트 계단을 뛰어오르고 있었습니다. 나도 마구 뛰었습니다. 내가 아무리 빨리 달린다고 해도, 아이를 앞지를 수는 없었습니다. 하지만 아들아이가 어디선가 멈추어 섰을 때, 나쁜 일을 벌일 수 없도록, 막을 위치까지는 따라가야 했습니다. 그래서 죽기 살기로 계단을 뛰어오를 수밖에 없었습니다.

너무 숨이 차서 시야가 흐려질 때쯤 아이가 멈추었습니다.

"잠깐만! 잠깐만! 엄마 말 좀 들어 봐. 제발."

       Part.1 마음아 이제 놓아줄게

아이가 멈추고도 나는 정신없이 더 뛰어올랐습니다. 아이보다 한 계단이라도 더 위에 있어야 한다는 생각이었습니다.

다행히 아이는 멈추었고 나는 아이보다 몇 계단 위에 서게 되었습니다.

"너, 왜 이러니… 침착하게 생각하자. 이러면 안 돼… 응? 제발… 엄마 말 좀 들어줘. 제발……."

숨이 차서 제대로 말이 되어 나오지 않았지만, 나는 설득하기 위해 안간힘을 썼습니다.

아이는 내 말이 들리지 않는다는 듯, 계단 옆의 창문만 빤히 쳐다보고 있었습니다. 당장이라도 창으로 몸을 날릴까 봐, 내가 그걸 막을 수 없을까 봐, 온몸이 덜덜 떨리고 제대로 숨을 쉴 수 없었습니다. 정말 무서웠습니다.

"얘야. 네가 어떤 나쁜 결정을 한다면, 나도 바로 너를 뒤따를 거야. 그래도 좋다면 그렇게 해. 정말이야. 나도 바로 너를 따라 똑같이 할 거야. 그러니까 제발. 제발……."

타이르기에는 이미 늦었다는 생각이었는지, 나는 나도 모르게 아이를 협박했습니다.

창으로 고개를 돌리고 서 있던 아이가 천천히 계단을 올라왔습니다.

이제 끝났구나! 하늘이 노래졌습니다. 아이가 나를 밀치고 계단을 뛰어 올라간다면, 나는 아이를 막을 수 없을 것입니다.

제발 그런 일이 일어나지 않기를 바라는 일 외에, 그 순간 내가 할 수 있는 일은 아무것도 없었습니다.

아이가 바로 내 앞까지 올라왔습니다.

"제발!"

말이 되어 나오지 않는 소리로 울음을 터트리며 아이의 팔을 잡았습니다. 아이는 내 팔을 뿌리쳤습니다. 안되겠다 싶어 끌어안으려는데 아이가 갑자기 신고 있던 슬리퍼를 벗어들었습니다.

순간 나는 세상이 끝났다고 생각합니다. 이제부터 내 앞에 어떤 일이 일어나더라도, 나는 막을 수 없을 것만 같았습니다.

그런데 아이는 신발을 들고 내 앞에 무릎을 구부리고 앉았습니다. 그리고는 내 한쪽 발을 들어 자신이 신고 있던 슬리퍼를 신겨주었습니다.

정신없이 뛰어나오느라 양말도 신지 않은 채, 나는 맨발이었습니다. 아이는 자기 신발을 내게 신겨놓고 쭈그리고 앉아 울었습니다.

"괜찮아. 괜찮아. 대학 따위 안 가도 돼!"

나도 같이 주저앉았습니다.

"그냥 너는 내 아들이면 돼. 바보여도 되고 멍청이라도 괜찮아. 네가 하고 싶은 거 하면서 살면 돼. 네가 행복하면 돼. 그게 내 행복이야. 아무것도 바라지 않을게. 그냥 지금 이대로의 너면 돼."

이 말을 해주기가 그렇게 어려웠던 것일까요?

그 말을 들은 아이가 소리 내어 울었습니다. 공부 못했다고, 운동 따위는 안 된다고, 그 누가 먼저 무시하기도 전에 엄마인 내가 제일 먼저 그것을 한 것이었습니다.

우리는 한겨울, 창문 열린 아파트 계단에 쪼그리고 앉아 한바탕 그렇게 울었습니다.

한때, 고등학교 3학년 학생들 논술 과외수업을 한 적이 있습니다.

내가 수업을 했던 아이의 반 친구가, 부모님께 꾸중을 듣고 5층 자기 방 창문으로 뛰어내린 일이 있었습니다.

운이 나빴던지 아이는 주차돼 있던 승용차 앞 유리창 위로 떨어져 결국 세상을 떠났습니다. 그날이 5월 7일 저녁이었습니다.

나중에 아이의 부모는 죽은 아이의 방을 정리하다, 책상 서랍에 예쁘게 포장된 카네이션을 발견합니다.

나는 가끔 그 카네이션을 떠올립니다. 그 꽃에 피울음을 쏟았을 그 부모를 상상합니다. 내게 정말 중요한 것이 무엇인지 가끔 혼란스러울 때, 나는 다시금 돌아와 그 지점으로 마음을 보냅니다. 그리고 다시 교훈을 얻습니다.

희망 순지에 채색 91 X 72cm 2017年作

66 멈추어
잠시 돌아서다 99

화가의 말 .... 김승현

　이제는 너무도 당연시된 복잡한 인간관계, 사회관계 속의 많은 가식
들을 한 번쯤 되돌아보고 스스로를 반성해 보았으면 좋겠습니다. 진정
이 없고 마음이 없는 일상의 관계가 우리에게 과연 무슨 의미일까요?
그림 속의 붉은 덧칠은, 순수한 마음을 표현한 것입니다. 그 속에 여전
히 사랑이 남아있으리라 믿고 싶어서입니다. 시간이 흐르고 타성에 젖
게 되면 모든 건 초심을 잃고 변화하게 됩니다. 하지만 마음 저 아래로
추를 내리고 들어가면, 아직은 깨끗한, 얼룩이 묻지 않은 순수가 존재
한다고 생각합니다. 그 속에 한 풀의 '사랑'이라도 존재하기를 희망하
고 기대합니다. 그런 살 만한 세상을 꿈꿉니다.

　　　　　　　　　　　　* * *

화가는 물질적인 사상이 만연해 있는 사회에 위기감을 느낍니다. 물질의 만연으로 빚어지는 인간소외가 결국 인간성을 파괴할 수도 있다는 판단에 이르게 됩니다.

　화가는 희망을 그리고 싶습니다.

　아직은 우리가 그 위기를 자각할 수 있는 정신이 있으므로 되돌려 놓을 기회가 있다고 생각합니다.

　화가는 현시대를 살아가는 사람들에게, 아직은 무언가 할 수 있다는 밝은 메시지를 전하고 싶습니다.

　누군가는 이미 늦었다고 말할 것입니다. 하지만 화가는 포기하지 않습니다. 자본주의는 우리의 가치관을 흔들고 있지만 우리는 흔들리지 않아야 할 의무가 있다는 것을 전달하고 싶습니다.

어떻게 살아야 하는지, 어떤 마음으로 무엇을 추구하며 살아야 하는지 더 이상 혼란으로 빠져드는 과정을 지켜볼 수 없습니다.

화가가 그린 백색의 '大' 자의 문양은 백의민족을 의미합니다. 우리 한국인에게 백의는 많은 걸 상징합니다.
화가는 백색, 흰 한복에 근본의 의미를 부여합니다. 어떤 색채도 입히지 않은 하얀 한복의 상태를 근본의 상징으로 삼았습니다.

근본으로 상징된 '백의'는 태어나면서 가지게 된 '순수'를 의미합니다. 유년기, 청소년기, 청년기를 거치면서 순수한 백의는 검은 얼룩으로 그 깨끗함의 의미가 퇴색됩니다.
그림 중앙의 검정색이 그 얼룩을 은유합니다.

어쩌면 성장과정에서 당연히 거쳐야 하는 부분일 수 있지만, 화가는 '어른이 되어가는 과정'에서의 얼룩을, 의례적인 과정으로 받아들이고 있는 대부분 사람들의 생각을 바로잡아 보고 싶습니다.

순수했던 마음을 위배하고 '어른이 되어가는 과정이니까 괜찮다.'라고 묵인하고 넘어가는 것을 스스로 용납하고 싶지 않습니다.

"가장 이상적인 사회는 '모두가 어린아이 같은 마음을 지니는 것'이라 했지만 요즘 사회가 그런 순수를 추구할 수는 없습니다. 하지만 그 속에 조금의 사랑이라도 있다면, 순수에 좀 더 가까워질 수 있을 거라 믿고 싶습니다."

화가의 그림 '희망'은 그런 의미로 그려진 그림입니다.
화가는 말합니다. 아직은 기회가 있고, 아직은 여유도 있다고. 그렇게 희망을 믿어보고 싶다고 말합니다. 모든 것은 우리가 어떤 마음을 가지고 살아가느냐에 있다고.

법구경에 이런 말이 있습니다.

모든 일은 마음이 근본이다.
마음에서 나와 마음으로 이루어진다.
나쁜 마음을 말하거나 행동하면
괴로움이 그를 따른다.
수레바퀴가 소의 발자국을 따르듯이
모든 일은 마음이 근본이다.
마음에서 나와 마음으로 이루어진다.
맑고 순수한 마음으로 말하거나 행동하면
즐거움이 그를 따른다.
그림자가 그 주인을 따르듯이.

—— ··· 회상 1 ··· ——

사람이 가진 근본이란 것도 이미 만들어진 고정체가 아니라 계속 움
직이는 유기체다. 변화가 아닌 진화하는 유기체.

그를
용서하기로 했다

그를 용서하기로 했다

이른 귀갓길 차를 세우고
마른 꽃 한 송이 사들고 집으로 돌아옵니다.

집 앞 뜰에는
깨워놓기엔 아직 이른
파란 꽃봉오리들이 매달려 있습니다.

그곳은
당신이 계신 그곳은
꽃이 피었나요
바람이 불고 비가 내리나요.

마음이 쌓여 그리움으로 굳어진
이런 봄이
그 사이 몇 번쯤 흘러갔을까요.

하얀 목련은 아직 피지 않고
라일락은 멀었지만
미리 향기를 가늠하며 마음을 달랩니다.

당신을 추억할 때면 언제나
푸른 나무와 향기로운 꽃들이 먼저
내 기억의 품을 안고 들어옵니다.

당신을 보내고 돌아온 날
아파트 마당에 핀 붉은 자목련과
이름 모를 예쁜 꽃들
그리고 봄 햇살
그리고

그렇게 검고 푸르고 지독한 봄밤이 존재한다는 걸
향내 나는 분분한 꽃비를 맞으며
스러지는 꽃잎 위로 나를 던졌던
아리고 쓰린 혹독한 봄밤이 존재한다는 걸
처음 알았지요.

하지만 세상은
그리도 고요히 제 할 일을 하느라

우리가 아픈지 우리가 슬픈지
알아볼 요량이 없었습니다.

세상은 늘 그랬던 것처럼
우리가 세상에 오기 전이나 지나간 후나
목련을 열고
라일락을 피우고
분분히 꽃잎을 떨구겠지요.

이렇게 그저
담담히 집 베란다 창에 몸을 기대고서
슬픔도 아픔도 모두 내 것 아닌
남의 것인 양 물끄러미 바라볼 뿐입니다.

그곳
당신이 계신 그곳엔 부디
아픔도 슬픔도 제 것으로, 오로지 저 자신의 것으로
감추지도 가리지도 않고
나는 아픕니다 나는 아픕니다 아픕니다 아픕니다
주저앉을 수 있는 곳이기를
눈물 닦아내고 다시 일어설 수 있는 곳이기를

당신을 보내고 수 없이 지나간
새 봄의 푸른 바람 앞에서 당신을 불러봅니다.

아아 이제 당신
용서할게요.
당신.

아빠와 나 Acrylic on Canvas 70 X 90cm, 월넛 목조형물 15 X 30 X 50cm 2017年作

❝아주 사적인 이야기입니다 ❞

화가의 말 .... 김용호

아빠는, 내가 어른이 되어도 당신을 아버지라 부르지 말라고 했습니다.

"나이 들어 보이잖아."

농담하기를 좋아하던 아빠는 권위적이지 않았고, 보수적이지 않았습니다.

휴일에는 밥을 하고 쓰레기통을 비우며 "가정적인 남자가 멋있는 거야."라고 말하는 아빠는 내게 참 특별했습니다. 누구보다 가까운 친구였고, 닮고 싶은 존재였습니다.

＊＊＊

　화가의 마음속에는, 열네 살인 자신과 마흔일곱 살 아버지가 살고 있습니다.

　'이럴 때 아빠는 어떻게 했어?'

　가끔 질문합니다. 아빠는 답이 없습니다. 아빠의 나이는 14년째 마흔일곱에 멈춰있습니다. 아빠가 함께한 시간은 14년, 이후 14년은 마음속에서만 함께할 뿐입니다.

　아빠와 지냈던 시간은 정말 즐겁고 행복한 시간이었습니다. 누구에게나 아빠라는 존재는 그럴 테지만, 그에게 아빠는 정말 특별하고 소중한 존재입니다. 누구보다 가까운 친구였으며 가장 닮고 싶은 대상이었습니다.

아빠를 떠나보내고 열네 번의 해가 바뀌었습니다. 열네 살 소년은 어느덧 청년이 되었습니다. 아빠만큼 키도 크고 어깨도 넓어졌습니다. 그리고 화가가 되어 있었습니다.

시간의 더께가 쌓일수록 조금씩 그리움이 줄어들 법도 하지만 그에게 아버지는 더욱 선명한 모습입니다. 어느새 자신에게서 아버지의 모습을 느낍니다. 아빠가 겪었을 어려움이나 고민들을, 이제 그가 하게 되었기 때문일 것입니다.

아빠라면 지금 어떻게 하셨을 것 같아요?
그는 문득 문득 벽을 만날 때마다 질문합니다. 대답이 들려올 리 없습니다. 그럴 때면 올려다본 하늘, 어린 시절 아빠와 함께였던 별빛이 따뜻하게 그를 맞아줍니다.
'너의 인생은 너의 것이므로, 네가 알아서 살아내야 한다.'
언젠가 아빠가 손을 잡아주시며 하신 말입니다. 아직도 그는 아빠의 온기를 기억합니다.

그 온기 어린 손으로 아빠를 그리고, 아들을 그리고, 아빠와 아들의 이야기를 만들었습니다. 아빠가 세상에 존재했다는 것을 기록하고 싶어서, 얼마나 아름다운 사랑이었는지 남겨놓고 싶어서, 그는 지금도 아빠를 만듭니다.
스스로 살아내야 하는 삶의 무게를 가늠하면서 늘 마음속엔 아빠와 함께 살아가는 집을 짓습니다.

"한 번만 더 아빠랑 아들로 다시 만나자. 나는 아빠 같은 아빠가 필요해."

마음속의 아빠를 불러 그는 속삭이듯 기도를 들려줍니다.

나에게도 그런 아버지가 계십니다.

아버지 같은 아버지가 필요해서 한 번만 더 아버지와 딸로 다시 만나고 싶은, 그런 아버지가 계십니다.

"아버지, 더 이상 아버지 기억하지 않을게요. 그러니 아버지도 어서 미련 놓으시고 아버지 갈 길 가세요."

세상에서의 마지막 3일을 아버지 곁에서 지키며 마음으로 건넨 말입니다. 불효자 중에서도 가장 나쁜, 용서받지 못할 불효자의 말이지요.

아버지는 슬하의 1남 3녀 중 나를 가장 예뻐하셨습니다. 어려서부터 몹시 약한 체질로 태어난 내가, 아마도 세상을 오래 못 버티고 어떻게 될 거라 생각하셨는지도 모르겠습니다. 일곱 살 아래인 여동생이 있지만 나에 비해 체격이 크고 건강한 편이라 아버지 걱정은 항상 비실비실한 나였습니다.

우리 가족은 모두 어떤 음식이든 다 잘 먹고, 잘 아프지 않는 건강한 체질입니다.

엄마와 사이가 좋지 않았던 나는, 아버지가 다른 데서 나를 낳아 온 게 아닐까 생각하기도 했지요. 어린 시절의 나는, 몸이 약한 데다 체격도 제일 작았고, 잘 먹지도 않으며 잠도 잘 안 자는, 우리 가족들과는 체질이나 습성이 다른 아이였으니까요.

가끔 내 기억 속의 아버지는 캄캄한 밤, 나를 등에 업고 병원으로 달리고 있습니다. 괜찮니? 조금만 참아라. 아버지 등에서 울리는 음성에 묻어 함께 흔들리던 어둠, 세상의 모든 불빛이 아버지 머리 위로 쏟아지는 장면들은 아직도 가끔 꿈속에서 나를 두드립니다.

고3 때 빈혈로 쓰러져 병원에 실려 가는 일이 생긴 후, 나는 요주의 인물이 되어 가족의 보호조치를 받게 됩니다.

결혼 후에도 아버지는 종종 전화를 걸어와 아픈 데는 없는지, 아픈데도 말 못 하고 끙끙대는 건 아닌지 체크하셨지요. 그리고 직장 일을 하는 게 돈 때문이라면 그만두면 좋겠다고 늘 말씀하셨습니다.

아버지가 비실거리는 나를 두고 눈을 감으시는 게, 많이 힘들 거란 생각을 했습니다. 그래서 난 잊어드릴 테니, 아버지도 나를 놓고 어서 갈 길 가셨으면 좋겠다 말씀드렸습니다. 뇌암이었고, 이미 말기였고, 통증을 덜어줄 모든 방법이 다 동원된 상태였습니다.

내가 아버지에게 말을 건네자, 이틀 동안 거의 뇌사상태였던 아버지가 힘주어 내 손을 잡으셨습니다. 그렇게 따뜻했던 손은 여태 한 번도 없었지요.

아버지를 잊어드리겠다, 호언했지만 아버지를 잊을 수는 없었습니다. 아버지는 내 삶에 가장 큰 자리를 차지했던 분입니다.

아버지를 세상 밖으로 보내드리고 돌아오던 날, 아파트 마당에 하얀 목련이 가득 피어 있었습니다. 아버지가 돌아가셔도 세상의 꽃은 그리도 아름답게 핀다는 사실에 비애가 느껴지는 순간이었습니다.

가끔 아버지의 목소리를 기억합니다.

가장 강하게 남은 건, 마지막으로 주고받았던 어떤 날의 전화 목소리입니다. 건강이 나빠져 병원에서 검진을 하고 결과를 기다리던 때였습니다. 당신도 편찮으시면서 내게 아픈 데는 없는지 불편한 건 없는지 챙기는 전화였습니다.

"아버지, 그럼 들어가세요. 나중에 또 연락드릴게요."

평소였다면, '그래, 너도 들어가라. 건강 조심하고' 등등의 말로 마무리하셨을 아버지가 잠깐 소리를 멈추고 가만히 계셨습니다. 무슨 다른 말씀을 하시려나 귀를 기울이고 있었지요.

하지만 몇 분이 지나도 들려오는 건 숨소리뿐이었습니다. "아버지, 듣고 계세요?" 기다리다 못해 아버지를 재촉했습니다.

'음… 음….' 하시던 아버지는, 이윽고 어떤 말을 만들어 전화선 너머로 보내왔습니다.

"굿 나잇."

저녁시간이었습니다. 그런 인사가 어색할 상황은 아니었지만 한 번도 그렇게 말씀하신 적이 없어 '네, 아버지도 안녕히 주무세요.' 고개를 갸웃하며 전화를 끊었습니다.

그때는 몰랐습니다. 뇌암이 진행되고 있던 아버지의 기억력이 거의 바닥에 이르렀다는 것을. 아버지조차 그런 상황이 낯설어 한참을 어리둥절 고민하다 굿 나잇, 어색한 인사를 떠올렸던 모양이었습니다. 그게 아버지와 나눈 마지막 전화였습니다.

나는 아주 친한, 사랑하는 친구에게만 굿 나잇, 이 말을 합니다. 그로부터 그 말이 듣고 싶어서인지도 모르겠습니다.
오늘은 이 글을 읽는 모든 분께 하고 싶습니다. 아버지가 남긴 마지막 인사였던 그 말을 하고 싶습니다.
굿 나잇.

꿈꾸는 사람 1 Acrylic on Canvas   72.7 X 60.6cm   2017年作

" 천장을 캔버스 삼아
눈을 붓으로 "

화가의 말 .... 김미경

   좋은 그림에 대한 갈망이 내 욕심의 근원이라고 깨달은 순간부터, 그림을 대하는 내 마음이 좀 편해졌다. 침대에 누워 하루 종일 고통에 시달릴 때, 천장을 캔버스 삼아 눈을 붓으로 삼아 그림을 그렸던 이유였을까? 아픈 와중에 가끔 창밖으로 내려다보면 사람들이 걸어 다니는 모습이 들어왔다. 하루 대부분을 침대에 누워 지내는 나로서는, 걸어 다니는 것 자체가 마냥 부러움의 대상이었다. 일상으로 걸어 다니는 저 사람들은 얼마나 행복한지 느끼고 있을까?

* * *

집착이라는 괴물에 마음이 매달려 있던 어느 날, 화가는 전남 '운주사'라는 사찰에서 와불을 만났습니다.

집으로 돌아와서도 내내 대웅전 오른편 산등성이에 거대하게 누워있는 불상을 마음에서 지울 수 없었습니다.

화가가 그린 '꿈꾸는 사람'은 그렇게 시작되었습니다.

사실 운주사 와불들은 완성된 불상이 아니라, 미처 일으켜 세우지 못한 부처들입니다. 어쩌면 화가가 와불에 마음이 실린 건, 이제는 잊어버리고 싶은 지난 시절의 욕망 때문일지도 모르겠습니다.

화가는 늘 아팠습니다.

part.2 그를 용서하기로 했다

캔버스 앞에 앉아 그림을 그리고 싶었지만 캔버스를 비워놓고 항상 누워 지내야 했습니다.

병명을 제대로 알지 못하면서도 수술을 하고, 또 치료를 거듭했습니다. 하지만 화가는 일어날 수 없었습니다.

화가는 누워서 천장에 상상의 그림을 그립니다.

마음으로 붓을 들고 마음으로 색을 입혔습니다. 언제쯤이면 캔버스 앞에 앉아 그림을 그려볼 수 있을까. 마음의 기도가 깊어지던 어떤 순간부터, 우연히 조금씩 몸을 일으킬 수 있게 되었습니다.

지금 화가는 캔버스 앞에 앉을 수도 있고, 여행도 다닐 수 있게 되었습니다.

어쩌면 화가는, 일으켜 세우지 못한 와불의 모습에서 자신의 지난 시절 답답했던 욕망과 아픔을 보게 되었는지도 모릅니다.

"마음을 가다듬고 붓을 들어 캔버스를 쳐다보면 막막했어요. 좋은 그림을 그릴 수 없다는 것은 매번 반복되는 고민이었습니다. 그러던 어느 날 아침, 좋은 그림을 그려야 한다는 막연한 나의 욕심이 그 막막함의 원인이란 걸 깨닫게 됐죠, 그 순간부터, 그림을 대하는 내 마음이 조금씩 편해지기 시작했습니다."

그녀가 운주사 와불 앞에 내려놓은 욕망은 무엇일까.

우리 모두는 운주사 와불처럼 일으켜 세우지 못한 꿈을 가지고 있을지 모릅니다. 누구에게나 꿈은 이루고 싶은 것이어서, 당장 그것을 해내지 못하면 세상으로부터 뒤처지는 것이라 생각하겠지요.

운주사 와불은 누워있어서, 일으켜 세우지 못해서 유명해진 불상입니다. 그 불상이 다른 사찰의 불상처럼 제자리에 세워졌더라면 와불을 찾아 운주사에 오는 사람은 없을 것입니다.

운주사 와불은 일으켜 세워지지 못한 채로 그 몫을 다하고 있는 것입니다.

우리의 꿈은 어떠합니까?
우뚝 일으켜 세워져야만 하는 꿈입니까, 남들처럼?

당신은 당신만의 꿈을 꾸면 됩니다.
당신만의 꿈이어야만 어느 날, 벌떡 세상 앞에 일으켜 세워질 것입니다.

part.2 그를 용서하기로 했다

'무엇을 향해 가는지 어떻게 가야 하는지 모른 채
깜깜한 어둠 속을 걸을 때가 있다.
보이는 대로 믿어지는 대로 그렇게 걸어야 할 때가 있다.

믿지 않는다는 것, 믿을 수 없다는 것은 슬픈 일.
어떤 흔들림이나 소요 속에서도
내가 나를 믿게 하는 단 하나는
내 가슴에 품은 꿈

그렇게 뚜벅뚜벅 향해 가야 할 길이 있다.
그게 바로 나만의 길. 나만의 꿈.'

--- 회상 2 ---

백만 번쯤 눈물을 흘리고 난 뒤 비로소 웃어본 사람은 안다.
그 웃음이 더욱 진한 눈물의 형태라는 것을. 하지만 그것은
백만 한 번째 의 눈물이 아니라 첫 번째의 웃음이다.

나르시즘1 Oil on Canvas   60 X 72cm   2016年作

“보여주고 싶은 것과 보이는 것의 경계 ”

화가의 말 .... 김지은

당당해 보이고 싶거나 드러내고 싶은 욕망을 나체로 표현하였는데, 이것은 빛을 반대로 표현한 네거티브와 더불어 보이지 못한 엑스레이 필름의 색이다. 여성성의 상징인 얼굴을 흐리게, 가슴과 성기 또한 가려 표현한 이유이며, 어둠으로 감싸져 있는 그림의 배경이나 색의 단순한 표현도 그렇다. 꾸준한 작업을 통하여 현실과의 괴리를 해소하며, 외부와의 소통에 대한 욕망을 해소한다.

***

무릎을 가슴으로 당긴 채 한껏 몸을 구부린 나체의 몸을 보고, 제일 먼저 떠오른 사람은 존 레논이었습니다.

한때 마녀라 불리기도 했던, 일본 여인 오노 요코를 안고 있는 존 레논의 사진 한 장을 기억합니다.

오노 요코와 존 레논, 둘의 포옹만으로 충분히 사랑의 깊이를 짐작할 수 있는 사진이었습니다.

그림의 제목 '나르시즘'에도 존 레논의 사진은 잘 어울려 보입니다.

하지만 자세히 보면 그 둘의 포옹과 그림 '나르시즘'은 아주 많이 다릅니다.

침대 위에 누워있는 한 여자.

어깨와 허리, 하체로 내려오는 부드럽고 섬세한 선은 여체의 아름다움을 담고 있습니다. 그러나 겨우 반만 표현되어 있는 얼굴은, 어딘가 위축돼 보입니다.

캔버스에 다 나타나지 않은, 굳은 표정의 얼굴은 아름다운 여체를 보여주는 자유로운 과감함과는 아주 다른 느낌입니다. 자유로움과 어색함, 위축됨……. 화가가 부조화를 연출한 이유는 무엇일까요?

표현이 덜 되어진 얼굴 때문에 구부려 가슴에 붙여놓은 하체의 모습도 불안정하긴 마찬가집니다.

그림의 모델은 화가 자신입니다.

화가는 어릴 적부터 자신의 외모의 아름다움에 대해 늘 콤플렉스를 가졌습니다. 예쁘다고, 아름답다고 칭찬해주는 주변 사람들로 인해, 외모와 내면이 항상 일치해야 한다는 강박증이 콤플렉스를 부추긴 것입니다.

굳은 표정과 불안정한 하체선 외에 또 하나의 부조화가 발견됩니다.

아름다운 전라의 몸이 만들어낸 섬세한 선에, 명암을 반대로 준 네거티브와, 엑스레이 필름 컬러로 색채를 구성한 이유가 무엇일까요.

세상의 아름다움을 느끼고 싶었지만 현실은 그렇지 않았다고 화가는 말합니다. 화가는 늘 자신 내부에서 일어나는 욕구불만 때문에, 한순간도 만족할 수 없는 고통 속에 살았다고 고백합니다.

다양한 사람들과의 치열한 공존이 잘못된 욕망을 불러왔습니다. 그 욕망과 현실의 괴리에서 스스로 파멸해가는 자신을 발견하고 화가는 어느 순간 희망을 놓칩니다.

"마음에 병이 왔어요. 병원에서도 치료가 불가능한 힘든 병이었습니다. 결국 내가 가장 좋아하는 일이 어떤 일인지 알게 되고 그것을 하게 되면서, 어느 날 문득 제대로 숨이 쉬어졌습니다."

그녀의 병을 다독여 준 건, 그녀가 그리는 그림이었습니다.
붓을 쥐고 그림을 그리기 시작하면서, '병'이라 일컫던 그것은 점점 자취를 감추었습니다. 한 걸음씩 그림으로 더 들어갈수록, 자신의 삶과 생에 대한 생각이 달라지기 시작했습니다.

자신의 내부에 갇혀 소통하지 못하던 것들이, 그림을 그리는 동안 하나둘 밖으로 흘러나오게 됩니다. 그것은 그림과 자연스레 동화가 되고 완성되는 단계까지 함께하게 됩니다.

일반적인 나르시즘의 우월성과 다르게 여성의 나르시즘은 우월감과 열등감 사이의 방황이라고 그녀는 정의합니다.

겉모습의 화려함과 치장 속의 나약함이, 많은 여성들의 심리 속에 숨어있다는 것입니다.

이 작품은, 자신 속에 있는 그런 나약함과 욕망과의 괴리를 담는 작업이기도 했습니다.

당당해 보이고 싶거나 드러내고 싶은 욕망을 나체로 표현했지만, 어둡게 감춰진 빛과 엑스레이 필름으로 표현된 색채, 흐리게 표현된 얼굴 등 이러한 신체 부위의 숨김은 자신 속의 나약함이 그대로 반영되고 있습니다.

자신을 작품에 드러내는 과정에서 화가는 문득, 진짜 자신을 발견합니다.

그림 작업이 끝나고 손에서 붓을 놓게 되었을 때, 화가는 드디어 안도합니다. 자신이 편해졌다는 사실을 알게 되었기 때문입니다.

괜찮아. 잘한 거야. 잘했어. 괜찮아.

우리는 이 말을 아낍니다. 스스로에게 해줘야 할 어떤 순간이 와도 아니라고 고개를 흔듭니다.

나는 가끔 눈을 감고 손을 가슴에 올려놓고 스스로를 토닥여 줍니다.

괜찮아. 잘한 거야. 괜찮아. 천천히 느리게 토닥이다 보면 마음속의 소
요가 가라앉고 편해집니다.

괜찮지 않더라도, 괜찮다고 마음이 다독여지는 순간 괜찮음으로 변
화합니다.

"나에 대한 반감은 적어도 세 종류입니다. 반아시아, 반페미니즘, 반
자본주의적 반감이지요."

한때 비틀즈를 해체하게 했다는 오해로 악녀로까지 불리던 오노 요
코의 말입니다.

여성의 나르시즘이 '우월감과 열등감 사이의 방황'이라 정의한 화가
의 나르시즘 논리와 오노 요코의 페미니즘과의 거리엔 무엇이 있는 걸
까요?

우리는 가끔 여성은 꼭 여성이어야 한다고 억압받기도 합니다. 여성
으로 구분하기 전에 분명 한 사람임에 틀림이 없는데 말이지요. 꼭 여
성은 여성으로서의 가치를 앞서 내세워야 하는 걸까요?

한 손을 가슴에 올리고 스스로를 토닥이다 보면 어떤 정답이 나옵니다.
나는 누군가를 위해 존재하는 '누구'가 아닌, 나는 그저 나로서 가장 소
중하게 존재하는 사람이라는 것을 깨닫게 됩니다.

누구도 나를 구분 짓고 나를 몰아세울 수 없습니다. 나의 가치를 판

단할 누구는 이 세상에 없습니다. 나는 누구에 의해서도 검정될 수 없습니다.

나는 온전히 '나'이니까요.

··· 회상 3 ···

가끔은 꿈속 버선발로 달려 나간다. 바람 부는 밤 혹은 비 내리는 새벽. 버선에 묻은 흙을 툴툴 털며 그대의 문이 열리고 따뜻한 향기가 흘러나오기를 기다리는 시간. 아직은 사립문 밖 내린 눈이 하얗게 길을 밝히니 아직은 그대 알아볼 수 있어 아직은 그곳 알아챌 수 있어 벽에 걸린 새하얀 버선 신었다 벗었다 웃었다 울었다 밤을 새지만 거리의 눈더미가 햇살에 흘러내리고 어둠에 찬 깊은 밤거리 막막할 때 손을 뻗어 닿을 수 없는 그곳. 그대 잃을까 두려워 새벽 홀로 잠에서 깨어 버선을 찾아 신는다.

여름 한지에 분채 91 X 65.5cm 2017年作

" 괜찮아,
하늘도 보고 바람도 느끼며
천천히 가면 돼 "

화가의 말 .... 문희

지금도 시간은 흐르고, 오늘 본 하늘의 구름도, 가로수의 나무도, 항상 같은 모습은 아닐 것이다. 지나간 시간이 되돌아오지는 않지만, 행복한 순간을 무심코 지나치지는 않기를, 그냥 흘려보내지 않기를… 하는 마음에서 소중함과 감사의 마음을 담아, 일상의 소재를 엮어 나의 상상의 이야기를 그린다. 소소한 모습들에서 기쁨과 행복을 찾고, 나의 그림을 통해 누군가에게 잠시 쉬어갈 수 있는 휴식 같은 시간, 그리고 행복한 기운이 전해졌으면 하는 마음이다.

"무엇인가에 쫓기듯 앞만 보고 살았습니다. 어느 날 내달리다 튀어나온 작은 돌부리에 걸려 넘어졌지요. 넘어진 나 자신을 너무도 용서할 수 없었지만 다시 일어날 수 있는 힘을 준 건, 주의 깊게 보지 않았던 내 주변의 일상이었습니다."

화가는 주변의 일상에서 오는 깨달음을 통해 감사함을 느끼게 되었다고, 그게 인생의 전환점이었다고 말합니다.

화가의 작품 '여름'에 등장하는 강아지와 고양이도 감사함을 느끼게 된 대상이었을지 모르겠습니다.

화가는 바닷가에 누워있는 두 아이를 그렸습니다. 평화로운 여름의 시간을 보내고 있는 아이들입니다.

바다가 풍경인 대부분의 그림들은 보통 바다로 시선이 향해져 있습니다. 하지만 그림에서 그들의 시선은 바다가 아니라 이쪽, 캔버스 앞에 서 있는 화가를 향하고 있습니다.

화가는 이십 대, 삼십 대를 허무하게 지나왔다고 회고합니다. 그 시절을 지나며 삶의 기둥이 허물어지고, 세상이 암흑으로 변하는 걸 느꼈습니다.

푸른 청춘과 함께 꿈도 소멸되는 순간들이었습니다. 많은 사람들이 주변에 있었지만 마음을 나눌 사람은 아무도 없었습니다.

자신이 어디로 어떻게 나아가야 할지, 화가는 방황하게 됩니다. 오로지 깜깜한 어둠이었습니다. 그때 한 아이가 다가왔습니다. 길고양이였습니다.

우연히 일을 마치고 집으로 들어오다 만난 한 마리 고양이였습니다. 이 아이는 화가의 마음을 잘 알고 있다는 듯 조용히 옆으로 다가와 쓰다듬을 수 있게 얼굴을 내 주었습니다.

한 번이 두 번이 되고, 세 번 네 번이 되면서, 화가는 그 아이를 만나고 싶어 귀가를 재촉하는 자신을 발견합니다. 아이와 잠깐 나누는 시간이었지만 종일 그 아이가 궁금하고 저녁시간이 기다려졌습니다. 그 무엇에도 마음을 붙일 수 없던, 암흑의 세상을 살고 있던 때였습니다.

아이는 천천히 천천히 화가의 마음으로 걸어 들어왔습니다. 그리고 아주 천천히 그녀를 일으켜 세웠습니다. 기적처럼 다시 태양이 떠올랐습니다. 세상이 밝아지고 모든 사물이 선명히 눈에 들어왔습니다.

의사소통도 제대로 할 수 없는 한 마리의 길고양이에 불과했지만 화가에게 그는 은인이었습니다.

자신을 끌어준 길고양이를 통해 비로소 화가는, 이전까지 지나쳐온 소소한 일상이 얼마나 따뜻했는지 다시 느낄 수 있었습니다.

"오늘 본 하늘의 구름도, 가로수도 항상 같은 모습으로 내게 머물지는 않겠지요. 다시 되돌아오지 않겠지만, 이 행복한 순간들을 지나치지 않고 감사의 마음으로 남기고 싶어요. 내가 이 아름다운 아이들로부터 위로받았듯, 누군가에게 나의 그림이 위로가 되었으면 좋겠습니다."

오래 지병을 앓으셨던 아버지로 인해, 늘 가슴 한쪽엔 아버지의 아픔을 함께 견뎌야 했던 기억들이 남아있기 때문입니다.

화가가 어둡고 긴 터널을 지나던 한때, 곁에 다가와 준 고양이에 대한 고마움은 그림이 되었습니다. 작품 '여름'에서 그녀를 향해 시선을 보내고 있는 아이가 바로 그 아이입니다. 그녀를 바라보는 고양이의 맑고 고운 눈은 그녀의 마음을 다 읽고 있는 듯 이제는 아주 편안해 보입니다.

우리 집에도 눈이 맑은 조그만 아이가 있습니다. 풍성하고 기다란 귀가 아래로 늘어져 있는 그를, 만화 캔디에 나오는 테리우스 G. 그란체스터의 이름을 따, 테리우스라고 이름을 지었습니다.

이 아이가 오고부터 조용했던 우리 집엔 귀여운 발자국 소리가 들리기 시작했습니다. 발자국 소리를 내며 이리로 걸어오는 아이의 모습을 상상하면 저절로 웃음이 납니다.

'이 조그마한 아이를 보고 있으면

삶이란 무엇인가

묻고 싶어진다.

너는 어디서 왔니

그리고 어디로 가니.

묻고 싶어진다.

우리에게 허락된 시간은 얼마인지
얼마나 깊게 받아들여도 되는지
어느 날 문득 못 본 척
다른 세상으로 날아가 버리는 건 아닌지
묻고 싶어진다.

늘 소중한 건 빨리 날아가 버려서
늘 아름다운 건 쉽게 소멸돼 버려서
예쁘고 예쁜 너를 바라보고 있으면
얼마나의 시간이 더 남아있는지
그게 먼저 궁금해진다.

어린 시절엔 죽음만이 행복한 관계를 갈라놓을 뿐이라고…
죽음 외엔 내 의지가 아니면 절대 이별이란 없을 거라고…
하지만 세상은 그게 아님을 가르쳐주었다.

나와의 인연까지만
딱 거기까지만 그들은 존재했다.
미리 정해진 인연까지만.
소중하고 예쁜, 사랑스런 너를
절대 잃고 싶지 않아
그래서 다시 묻는다.
어디서 왔니, 너는 누구니
내 가슴 깊이 너를 담아도 되는 거니.'

Wave31-1 Mixing materials on Canvas 45.5 X 33.4 cm 2016年作

"슬픔을 표출하고 발산시키는, 그림은 나의 자아"

화가의 말 .... 주환선

나의 작품들은 '행복'만을 강렬하게 추구하도록 만드는, 이 획일화된 사회에 돌을 던지는 작업일지 모른다. 또한 나에겐 작업이라는 것이, 슬픔을 꺼내어 소모시키는 일이고 치료의 행위이기도 하다. 하지만 반대로 나의 슬픔을 극대화시켜 증폭시키는 행위이기도 하다. 슬픔은 아름다울 수 있다. 그것은 어둡고 우울한 감정이 아니라, 솔직하고 순수한 감정이다.

* * *

화가란 무엇인가
그림이란

예술이란

인생이란

삶이란?

화가는 수많은 질문을 던지고 또 던집니다. 그 질문 속에서 자신을 발견합니다. 제대로 나아가고 있는지, 가끔 뒤도 돌아보고 옆도 돌아봅니다.

한국의 남자들이 다 그렇듯 화가는 사회로부터 은연중에 씩씩함을 요구 받습니다. 슬픔이라는 건 절대 드러내 놓으면 안 되는 것으로, 참고 견디는 것으로만 여기도록 교육받습니다.

그래서 슬픔은 항상 화가의 내면에 고여 있었습니다.

고여 있던 슬픔이 흘러나와 그림의 원천이 되었습니다.

슬픔을 꺼내 소모시키는 일은 화가에게 있어 일종의 치료행위와 같습니다. 가끔은 슬픔에 잠식된 채 깊은 심연에서 떠오르지 못할 때도 있지만 화가는 그런 슬픔을 사랑합니다.

"슬픔은 아주 어두운 검은색이 아니라, 새벽 바다를 비추는 달빛 같은 것 아닐까요? 시린 푸른색. 본인조차 슬픈지 모를 때가 있지만, 항상 스며있는 그런 느낌, 저는 그런 걸 슬픔이라 이름 부르고 싶어요."

그래요. 맞습니다. 제 생각도 비슷합니다.

인사이드 아웃Inside Out이라는 애니메이션 영화가 있습니다.

모든 사람의 뇌에 존재하는 감정 컨트롤러에 기쁨, 슬픔, 버럭, 까칠, 소심 등 다섯 가지의 감정이 등장합니다.

주인공 라일리의 머릿속 감정 중, 우연히 '슬픔'이 이탈하게 됩니다.

우리는 보통 슬픔이 사라지면 기쁨이 더 많을 거라 생각하지요. 하지만 영화는 반대로 흘러갑니다.

슬픔을 잃은 주인공 라일리에겐 슬픔이 사라지는 동시에 기쁨과 웃음의 기억이 모두 사라집니다. 부모님과의 행복했던 일상과 애틋한 사랑마저도 모두 지워집니다.

부모님과의 일상이 지워지자, 착한 아이였던 라일리는 부모님에게 반항을 시작합니다. 급기야 부모님의 돈을 맘대로 꺼내 가출을 감행하게 됩니다.

몰래 집을 떠나면서도 라일리는 슬픔이나 아픔을 느끼지 못합니다. 분노와 까칠함만이 존재하게 됩니다. 슬픔도 기쁨도 없이 집을 떠나던 라일리의 묘한 눈빛이 가슴을 아프게 했지요.

감정 컨트롤러들의 활약으로 주인공 라일리는 우여곡절 끝에 슬픔의 감정을 되찾게 됩니다. 기억 속에 떠오르는 것은 사랑하거나 행복했던 기억이 아니었습니다. 혼자서 힘들 때 다가와 위로해주던 부모님의 모습이었습니다.

아파하는 라일리를 안아주고 함께 울어주던 부모님의 모습을 떠올리자 라일리는 울음을 터뜨립니다. 슬픔이 그리움과 감사함의 마음을 회복시켜주는 장면입니다. 곧바로 기쁨과 웃음의 기억도 다시 찾게 됩니다.

영화는 결국, 사랑이라는 감정의 배후에는 슬픔이 자리해 있다는 것을 이야기해 줍니다. 슬픔을 다독이며 사랑이 일어나기도 하고, 함께 슬퍼하면서 더욱 사랑이 깊어지게 되는, 그런 감정의 소용돌이를 인지 하게 해줍니다.

　슬픔이라 해서, 무조건 감추거나 드러내지 않아야 한다는 건 잘못된 생각입니다. 슬플 땐 충분히 슬퍼하고 울고 싶을 땐 마음껏 울면 됩니다.

　슬픔을 가두어 숨겨 놓으면 아픔으로 굳어지지만, 세상에 꺼내 분출 하고 나면 그것은 승화가 됩니다.

　주변의 눈치를 보느라, 마음 깊이 감춰두는 일은 절대 하지 마세요. 밖으로 다 쏟고 나면 스스로 치유가 된 것을 느낄 수 있습니다.
　울고 난 후의 고요를 경험해 본 사람이야말로 슬픔에 대해 이야기할 자격이 있습니다.

PART. 3

그때 넌,
사랑이었니

그때 넌, 사랑이었니

너에게 가지 않으려고 나는,
병원을 나오자마자 마트로 들어선다.

열이 내리고 부은 목이 가라앉으면
너에게로 달릴까 봐

너에게 가지 않으려고 나는,
야채를 사고 생선을 사고
냉동식품을 바구니에 담는다.

두통이 가시고 기침이 멈추면
너에게로 달릴까 봐

너에게 가지 않으려고 나는,
집으로 집으로 주문을 외며 시동을 건다.

운전대는 교차로에서 잠시 흔들린다.
흔들리고 흔들리고 흔들리다 좌회전을 한다.
주사한 약이 혈관을 타고 퍼지는 동안
홀린 듯 너를 향해 달린다.

모세혈관으로 약이 흘러들기 전에
세포들이 하나하나 깨어나기 전에
너에게 먼저 닿으려
속도를 낸다.

출렁이는 장바구니의 소란쯤은 모르겠다.
보이는 건 너에게로 가는 뻗은 길.

너에게 가지 않으려 멈추기를 몇 번
어느새 나는 너에게 닿았다.
이제 그곳
네가 있는 곳
잘 있니, 잘 있니, 잘 있니…….

나는 대답 없는 너를 본다.
너를 듣는다. 너를 느낀다.

눈을 감고
느릿느릿 돌아선다.

등 뒤에 내리는 햇살이 너다.
내 옆에 부는 바람이 너다.
차 안을 돌아다니는 비릿한 생선내음이 너다.
너다. 너다. 너다. 모두 너다.

너에게 가지 않으려고 나는,
지독한 감기를 앓았지만
그것은 결국 너에게로 달렸다.

지난 밤 열에 들떠 밤을 새면서도
너에게 가지 않으려고 나는.

Journal N°12 Manicure on Paper   29.7 X 21.0 cm   2012年作

"그림은 단숨에 그렸지만, 고통은 단숨에 끝나지 않았다 "

화가의 말 .... 호정

　결국은 그림이었다. 어떤 다른 목적은 없었다. 그냥 그리고 싶었다. 살고 싶었으니까. 그리지 않으면 견딜 수 없었으니까. 그래서 그렸다. 그 아름다운 색들이 눈에 아른거려서. 가장 예쁜 색들로 마음 속 슬픔을 걷어내지 않으면, 정화시키지 않으면, 우울의 끝에서 터널이 채 끝나기도 전에 어둠 속에 묻혀 버릴지도 모른다는 두려움 때문이었는지도 모르겠다.

* * *

프랑스 생 라자르 역Gare Saint-Lazare 상점 앞에 화가가 서 있습니다.
화가는 지금껏 만나지 못했던 화려한 색채에 눈이 팔려 잠시 삶을 잊
습니다. 그곳이 이국땅이며, 오로지 혼자 그곳에서 살아가고 있다는 사
실을 잠시 잊어버립니다.

이렇게 내 마음도 반짝반짝 빛을 낼 수 있으면 얼마나 좋을까, 화가
는 화려한 색채에 반해 매니큐어를 삽니다.
덜컹거리는 지하철, 화가의 주머니 속엔 매니큐어들이 흔들리고 있
습니다. 이곳에 정착하지 못하는 화가의 마음도 함께 흔들립니다. 하
지만 오색찬란한 매니큐어와 달리 화가의 마음은 무채색입니다.

오래 꿈꾸었던 프랑스 파리, 예술의 나라로 떠나왔지만 현실과 이상의 거리엔 큰 장막이 드리워져 있었습니다. 화가는 그곳에서 길을 잃었습니다.

"마음이 얼어서, 그 아름답고 찬란한 시간들을 누리고 만끽할 수가 없었다. 현관문은 이중으로 잠그고, 창문 걸쇠를 걸고 두꺼운 커튼을 쳤다. 아무리 더워도 별 상관이 없었다. 누구도 내 존재를 알 수 없도록 이어폰을 끼고 음악을 들었다."

화가의 독백은 마음에 켜켜이 쌓였습니다. 혼자였습니다. 오로지 세상으로부터 홀로 떨어진 채, 낯선 땅을 살아내야 했습니다. 다시 돌아갈 수도, 그대로 머물 수도 없이 화가의 마음은 꽁꽁 문이 닫혔습니다.

그곳의 세상은 무채색이었습니다.
패션디자인 공부를 하고 싶던 어린 소녀가, 어른이 되어 꿈처럼 찾아온 프랑스 파리는 더 이상 꿈이 아니었습니다. 혼자서 견뎌야 하는 처참한 현실이었습니다.

흔들리는 지하철에서 화가는 조용히 아버지를 불러봅니다.
기억 속의 아버지는 항상 무언가를 읽고, 쓰고 계십니다.
화가도 어려서부터 무언가 쓰는 일을 좋아합니다. 하지만 학창시절, 그림에 더 뛰어난 재능이 있다는 걸 알게 됩니다. 그래서 진학하게 된

예술고등학교, 하지만 입학식에 아버지는 계시지 않았습니다.

잠시 잠을 자러 방으로 들어가셨던 아버지, 그것이 마지막이었습니다. 조용히 주무신 채로 아버지는 화가의 옆을 떠났습니다.

믿을 수 없었습니다. 아버지가 떠났다는 사실을. 어디선가 갑자기 문득문득 나타나실 것만 같았습니다. 많이 놀랐지? 이제 괜찮아. 가실 때처럼 그렇게, 조용히 다시 나타날 것만 같았습니다. 웃으며 머리를 쓰다듬어 주실 것만 같습니다. 하지만 아버지는 돌아오지 않았습니다.

졸업 패션쇼에서, 자신의 작품을 입은 모델이 무대로 걸어 나올 때, 화가는 많은 사람들로부터 탄성과 환호를 받습니다. 기쁨으로 들떴던 바로 그 순간, 웅덩이처럼 패여 있던 아버지의 빈자리에서 눈물이 쏟아져 내렸습니다.

아버지께 보여드리고 싶었습니다. 잘했다, 수고했다, 아버지의 목소리가 듣고 싶었습니다.

'저 잘하고 있는 걸까요?'

화가는 나지막한 소리로 아버지께 묻습니다. 압니다. 대답이 들려오지 않으리란 걸. 하지만 그렇게라도 하지 않으면, 정말 그 무엇도 할 수 없을 것만 같았습니다.

프랑스 오르세 미술관에는 모네Monet의 'Arrival of a Train'이라는 그림이 있습니다. 아름다운 생 라자르 역의 풍경을 담은 그림입니다.

모네는 이 한 장의 그림을 위해, 근처에 오래 머물며 역의 풍경을 화폭에 담았다고 합니다.

화가가 생 라자르 역에 들르게 된 건 우연이었을까요? 아니면 모네의 어떤 기운이 그녀를 불러들인 것이었을까요?

생 라자르 역에서 만난 다채로운 색채의 매니큐어는 화가의 그림에 빛이 되었고, 그림은 그녀의 일기가 되었습니다.

화가의 마음에 하나씩 화려한 색의 불이 켜지기 시작했습니다. 혼란과 혼돈의 외로움이 그림으로 새로이 거듭나기 시작합니다.

"그림을 그렸다. 그리고, 그리고 또 그렸다. 주변에 있는 모든 것을 그렸다. 그릴 수만 있으면 살 것 같았다. 살 수 있었다. 배가 고팠고 오늘의 하늘, 내일의 하늘이 궁금했다."

반짝이는 매니큐어는, 어두웠던 내면을 비추는 불빛이었다고 화가는 수줍게 털어놓습니다. 그리고 그 불빛이 자신이 걸어가야 할 길을 밝혀 주었습니다.

자신의 내면이 훤히 밝아질 때쯤 화가는 귀여운 아가의 엄마가 되었습니다.

화가는 이제 혼자가 아닙니다. 세 살의 아가가 뛰어다니는 아름다운 가정의 주인이 되었습니다.

프랑스에서 일기처럼 그렸던 그림들은, 서울로 돌아와 화단의 큰 주목을 받게 됩니다. 하지만 서울에서의 화가는 아직 일기를 그리지 못합니다.

아가가 잠드는 한밤중이 되어야 그녀는 엄마를 잠시 벗어놓고 화가의 옷으로 갈아입을 수 있습니다. 터널을 벗어났다고 생각했지만 새로이 시작된 터널 앞에 그녀는 또 길을 잃은 듯 앞이 캄캄할 때가 있습니다.

내게도 그런 시절이 있었습니다.

첫째 아가를 주변의 도움으로 키웠던 나는, 둘째 아가를 낳고 둘을 함께 키우며 새로운 세상을 만나게 됩니다. 스스로의 존재를 도무지 인식도 할 수 없을 만큼, 노동으로 바빴습니다.

'나'라는 주체가 빠지고, 오로지 아가들을 위해 존재하는 소모품이 되었습니다. 체력은 바닥이 났고 내겐 휴식이 필요했지만, 아가들에겐 오로지 엄마가 필요했습니다.

아가의 울음소리로 이른 새벽 하루를 시작하고, 지쳐서 나도 모르게 잠드는 밤이 반복되었습니다.

어떤 날 빨래를 널다, 베란다 아래를 내려다보았습니다.

놀이터 벤치에 어떤 할머니가 앉아있었습니다. 가슴이 먹먹하도록 그 할머니가 부러웠습니다. 빨리빨리 늙어버리고 싶었습니다.

아이들이 예쁘고 귀엽고 사랑스러웠지만 그와 별개로 키우는 동안의 시간들은 온통 소모로만 느껴졌습니다. 참으로 우울한 때였습니다.

그때는 몰랐습니다. 아이들에겐 내 체력과 내 노동뿐만 아니라 나라는 사람 자체가, 자양분이었다는 사실을.

아이는 엄마를 통해 세상을 만나고, 세상과 소통하는 법을 배웁니다. 그래서 엄마의 부재는 세상의 부재가 된다고 합니다.

어린 시절을 돌아보면 우리 엄마는 애정에 인색한 분이었습니다.

물론, 오빠와 언니를 키우는 일만으로도 충분히 힘들었을 것입니다. 그리고 늦게 태어난 동생까지 있었으니, 다 이해할 수 있습니다.

엄마에게 나는 그저 여럿의 자식 중 하나였으므로, 통째 내게 다 쏟아 부을 수만은 없었을 것입니다. 이해합니다. 하지만 내게 엄마는 한 사람뿐이었습니다. 내겐 유일한 엄마였고 유일한 세상이었습니다.

애정이 풍족하지 않았던 나는, 엄마로부터 사랑을 잘못 배우게 됩니다.

다정함이 없는 냉정하고 반듯한 엄마 때문에, 나는 상대방을 내치는 것조차 사랑이라 여기게 됩니다. 이치를 따지고 잘잘못을 구분해서 냉정히 상대를 몰아세우는 것조차 사랑이라고 여기게 됩니다.

몰아세워놓고 비판하면서, 내가 더 아프고 쓰린 지옥을 경험하면서도, 나는 그게 사랑인 줄 알았습니다.

엄마로부터 내가 느낀 모성애는, 감싸지거나 치마폭에 숨겨지는 게 아니라, 헐벗은 채 밖에 세워지는 것이었습니다.

뭐든 잘하면 칭찬받고 잘못하면 그 값을 치러야 했습니다. 그런 단죄함이 사랑인 줄 알았습니다.

내 사랑의 실패는 늘 거기에 있었습니다.

결혼을 하고, 아기를 낳고 키우며 내 본연의 모성애와 엄마로부터 배운 모성애가 혼란을 일으키고 있다는 걸 알았습니다. 아이들에게 미안한 부분이 그것입니다. 잘못 배웠다는 걸 알았지만, 사랑은 일종의 습성이라 나도 모르게 아이들을 단죄하고 냉정하게 몰아세웠기 때문입니다.

아기에게 엄마는 단 하나의 세상입니다. 엄마를 통해 세상을 배우고, 소통을 배우고, 사랑을 배웁니다.

직장을 쉬면서 두 아이를 키우며 보냈던 시간들이, 그 당시엔 의미 없이 느껴졌습니다. 몇 번이고 기저귀를 갈아야 하고, 시간 맞춰 이유식을 먹여야 하고, 어질러진 장난감을 치워야 했습니다. 종일 반복되는 그 일은, 지쳐 잠이 들기 전엔 끝나지 않았습니다.

하지만 지금 와 돌이켜보면, 그 시절을 아이와 함께할 수 있었다는 게 내겐 행복입니다. 그때의 나를 불러 참 잘했다고 칭찬해주고 싶어집니다. 시간은 흐르고 아이들은 성장했습니다. 그 성장의 한 부분에 내가 기여했다는 것은 오래오래 든든한 기쁨이 되었습니다.

'때로 이 시간은 붉은 저녁이곤 했습니다.

붉은 노을이 물들여 놓은 잔상에 혼을 잃고

오래오래 그렇게 붉은 저녁이곤 했습니다.

붉은 노을이 어둠에 묻히고 나면

가끔 스스로를 지옥으로 안내하고

스스로 빠져나오는 작업을 하느라 밤을 샙니다.

아무리 반복을 해도

지름길을 알거나 기술이 생기지 않는 그것

나는 지금 그 길에서 모퉁이를 돌고 있습니다.

누군가 손을 잡아 갈 길을 안내하거나 도와준다 해도

나는 분명 어디선가 그의 손을 놓고

다시 돌아가 손을 잡던 시점부터 다시 길을 걸을 것입니다.

나는 압니다.

스스로 지옥의 끝으로 걸어 들어갔다

다시 그곳을 걸어 나와야 한다는 것을.

그제야 환한 빛 앞에서 나는 웃을 수 있을 것입니다.

이제 홀가분히 내가 갈 길을 갈 수 있을 테니까요.'

행복을 담아 Mixed media on Canvas　90.9 X 65.1cm　2017年作

"너에게 반창고를 보낸다"

화가의 말 .... 환희

　행복하고자 그림을 그리고, 행복하기에 그림을 그리며, 행복을 전하기 위해 그림을 그립니다. 모든 이들은 행복을 추구하며 삶을 살아갑니다. 사실 행복은 그리 어려운 것은 아닙니다. 그저 어쩌다 생겨난 짧은 나만의 시간, 잠시나마 떠날 수 있는 여행, 가족을 통한 행복, 정신없이 흘려보내지는 일상 속에서 나의 마음에 "환희"와 "위로"를 전해줄 수 있는 그림 한 점.

* * *

자신의 눈앞에 펼쳐진 해안가의 보랏빛 꽃들을 생각하면, 화가
는 아직도 가슴이 설렙니다.

그림에 대한 열망을 접을 수 없어 덜컥 직장을 그만두긴 했지만 정작
어떻게 해야 할까 두려움이 컸습니다. 그때에, 화가는 제주도로 떠났습
니다.

섭지코지에서 이 장면을 만났을 때 화가는, 가만히 앉아 풍경을 눈에
꼭꼭 담았습니다. 어떻게 해야 할지 고민을 들고 왔지만, 답은 다른 방
법으로 주어졌습니다.

눈에 담아놓은 풍경을 조금이라도 놓칠까 아쉬워, 일정을 접고 곧장 서울로 돌아옵니다. 여행 시작부터 직관으로 느꼈던 보랏빛이, 바로 섭지코지에 펼쳐져 있었기 때문입니다.

"발이 멈춰 설 수밖에 없던 그곳, 현실 속이 맞나 싶을 정도의 모습이었어요. 내가 보고 있는 게 현실인지 아닌지 구분이 되지 않을 정도였습니다."

바람이 유독 많았던 제주의 바닷가였지만 커다란 바위에 걸터앉아, 한 시간이 넘도록 그 모습을 눈에 담고, 머리에 담고, 마음에 담아 화가는 서울로 달려왔습니다.
순간의 감동을 한순간도 놓치지 않고 캔버스에 옮겨놓고 싶었습니다.

행복해지고 싶어 떠난 여행이기 때문에 이토록 멋진 풍경이 앞에 나타나 준 건, 정말 행복이었습니다. 그래서 화가는 꼭 그림으로 담아놓고 싶었다고 말합니다.

'행복을 담아'
그렇게 눈에 담아온 풍경이 그림이 되었습니다. 듬뿍 담긴 보랏빛이 바로 행복입니다.

화가의 그림이 늘 행복을 주제로 삼거나 아름다움을 추구했던 건 아닙니다.

과거 그림을 보면 사회적 불만, 반항심이 강하게 나타나 있습니다.

그땐 주변의 모든 것이 불만이었고, 부정적으로 보였으며, 세상에 대한 강한 반항적인 마음을 지니고 있었다고 스스로 고백합니다.

당시에 작업한 작품들은 하나같이 스릴러나 공포영화에나 나올 법한 작품들이라고 스스로 평가합니다.

대학 다니던 어느 날, 화가는 이상한 체험을 합니다.

평소와 다름없이 학교 작업실에서 작업을 하고 있었는데, 그림을 그리다 문득 옆에 걸린 거울을 보게 되었습니다.

거기엔 전에 보지 못했던 낯선 얼굴이 들어 있었습니다. 퀭한 눈과 잔뜩 화가 나 있는 표정을 가진, 불만투성이의 피폐한 어떤 여자였습니다.

화가는 그 모습의 여자가 무서웠습니다. 붓을 던지고 화가는 그곳을 나옵니다. 이후로 붓을 잡지 않았습니다.

졸업을 하고 취직을 했습니다. 평범한 직장인으로 살아갈 요량이었습니다. 생각했던 대로 하루하루 남들과 같은 나날을 보내며 살았습니다. 한동안은 그냥 그렇게 살아졌습니다.

그러던 어느 날 출근을 하다 문득, 걸음을 멈추고 길에 섰습니다.

자신이 아닌 채로도 잘 살아가고 있는 자신을 발견했기 때문입니다. 그건 진짜 자신의 모습이 아니었습니다. 그저 흘러가는 대로 몸을 맡긴 채 살아가는, 낯선 타인의 모습이었습니다.

오랜 고민 끝에 다시 붓을 들었습니다. 붓을 드는 순간 가슴 속의 응어리가 날아가고 한 없이 행복했습니다. 운명이구나, 깨닫는 순간이었습니다. 화가는 그때부터 다시 그림을 그리기 시작합니다. 틈이 날 때마다 붓을 들었습니다.

그렇게 4년을 보냈습니다. 그러다 갑자기 위기감이 들기 시작합니다. 자신이 정말 좋아하는 그림을 이렇게 취미처럼 대하고 있다는 사실이, 이러다 영영 그냥 취미일 뿐인 그림이 되어버리면 어쩌나 가슴이 덜컥 내려앉았습니다.

갈등이 시작되었습니다. 매달 월급이 나오는 안정적인 직장과, 정말 자신이 열망하는 그림 사이에서, 때 늦은 고민을 거듭합니다.

오랜 시간 생각한 끝에 결국 회사에 사표를 냈습니다. 그렇게 떠난 여행이 제주도였습니다.

"이런 지금 저는 너무 행복해요. 하고 싶은 일을 하는 저는, 일상 속의 모든 것들이 행복으로 느껴져요. 작고 소소한 기쁨부터 큰 즐거운 감정까지, 모든 걸 작품에 담아 많은 분들에게 전해드리고 싶어요. 바람 따라 움직이는 종이비행기로, 내 작품을 접하는 모든 분께 전하고 싶습니다. 이 행복이라는 감정을."

어릴 적 양호선생님이 되고 싶었던 화가는, 옆의 친구들이 다치기라도 하면 꼭 자신이 치료해주고 싶었습니다. 그래서 어린 시절 가방엔 항상 반창고가 들어있었습니다.

"어떤 상처든, 옆에서 따뜻하게 돌봐주는 친구가 있다면 금세 아물지 않을까요? 저는 그런 친구로 행복을 주는 그림을 그리고 싶습니다."

화가는 이제 밴드가 필요 없습니다. 자신의 그림으로 이미 치유가 시작되었기 때문입니다.
아픈 사람들은 모두 그녀의 그림을 보면 됩니다. 거기에서 그녀가 담아놓은 행복을 찾아내세요. 행운의 네잎클로버를 찾듯이 말이지요.

'봄이야.
어제 내린 비에 꽃잎 떨어졌을까
조마조마 가슴을 누르고
너를 찾았어.

봄이야.

아파트 화단에 그대로 핀 라일락

향기에 취해 서성이다

하늘과 딱 눈이 마주쳤어.

너, 화사한 보랏빛.

이제 그를 사랑할 수 있을지도 몰라.

향그러움이나 황홀한 꽃잎이 아니야.

그대로 남아있는 꿋꿋함

때문이지.

사랑은

화려한 진한 향기가 아니야

한결같은 물이나 공기

언제 돌아봐도 그대로 서있는

매년 이맘때면 싹을 틔우고 꽃을 피우는

돌아보면 든든하게 서서 손짓해주는

그런.

봄이야.'

우리의 시간은 여기에 흐른다 Mix Media 지름 약 15~40cm의 원형 2016年作

> **❝ 내 진심 가득한
> 손끝에서 세상으로
> 나오게 되는 아이들 ❞**

화가의 말 .... 남서희

    그림은 가장 솔직한 나의 내면이고, 내 진심 가득한 손끝에서 세상으로 나오게 되는, 내 소중한 아이들이다. 또한 나의 가장 깊숙한 내면을 솔직히 담아낼 수 있는 일기장이기도 하며, 온전한 내 공간이기도 하다. 사실 어쩌면 나보다 더, 나 자신에 가까울지 모른다.

    그림은 세상 앞에 눈치 보지 않는다. 그림은 숨기지 않는다. 그림은 숨지도 않는다.

***

각각 크기가 다른 세 개의 원이 있습니다.

자세히 보면, 하나의 원에는 정체를 알 수 없이 꼬여있는 줄이 있습니다. 또 하나의 원에는 희미한 전구, 그리고 마지막 채색된 원은 뚜렷한 그림이 없습니다.

화가는 이 세 개의 원으로 전구를 만들었습니다. 자세히 관찰하지 않으면 존재 자체를 파악하기 힘든, 우리네 삶을 은유하는 작품입니다. 대충 보고, 대충 인지하고 쉽게 지나쳐 버리는 것에 대한 안타까움이 깃들어 있습니다.

하지만 이들은 분명 전구입니다.

부족한 모습만 보이거나 그중 일부만 표출되었다고 해도, 전구라는 본질은 변하지 않습니다. 아무 표현 없이 채색만 된 원도 마찬가지입니다.

세 개의 전구 작품 '우리의 시간은 여기에 흐른다'는, 이름표를 단 채 각각의 불을 밝히고 있습니다.

화가에게 이 전구의 의미는 무엇일까요.

대학을 졸업하고 화가는 엄청난 슬럼프에 빠집니다. 무언가에 쫓기는 것 같았고 스스로가 자신의 목을 죄는 듯 숨이 막혔습니다.

그중에서도 가장 스스로를 힘들게 했던 건, 그림을 사랑하며 살았던 자신의 진심을, 스스로 의심하게 된 것입니다.

자신이 진정한 화가로서 살아갈 수 있을지, 그림 그리는 일을 만족하며 살아갈 수 있을지, 가치관과 정체성을 되짚어 보는 혼란의 시간이었습니다. 때로 스스로를 비하하기도 하고 절망하기도 하며 자신을 갉아먹는 시간들이었습니다.

결국, 자신에 대한 의심은 꿈에 대한 열정과 희망을 잃게 만들었습니다. 기진맥진 힘을 잃고 희망을 잃고 그녀는 다시 일어설 수 없으리라 생각될 만큼, 깊이 주저앉습니다.

돌이켜보니 옛날의 어떤 때, 또 그렇게 힘든 적이 있었습니다.

가장 사랑했던 친구와 헤어지면서 상처투성이가 되었을 때가 있었습니다. 누가 먼저랄 것도 없이 사랑한다는 명분으로 서로를 공격하고 상처를 주었습니다.

상처는 서로를 망가뜨렸습니다. 아프고 또 아팠습니다. 사랑하는 친구였기에 그 상처는 더욱 깊었습니다.

사람이 무서웠고 사랑이 두려웠습니다.

그런 감정이 스스로를 돌아보게 했습니다. 어디서부터 무엇이 잘못되었는지 아픈 상처를 들여다보며 깊게 감추어진 이야기들을 읽었습니다. 조금씩 깨달을 수 있었지만, 그것 역시 아픔의 연속이었습니다.

그러던 때에, 자신을 회복시킨 건 그림이었습니다. 내면의 이야기들을 그림으로 그리고 작품으로 만들었습니다. 그 과정에서 스스로 변화하는 자신을 발견할 수 있었습니다.

그림으로 서서히 회복이 되자 그녀는 히말라야로 떠납니다. 아무 생각 없이 걷고 또 걸으며 스스로를 돌아볼 생각이었습니다.

마법같이…그녀는 그렇게 말합니다. 정말 마법같이, 히말라야에서 자신을 다시 찾을 수 있었다고. 걷는 일은 고되었지만 그 도정에서 많은 생각을 할 수 있었고, 그 생각들 속에서 그녀는 이미 또 다른 그림을 그리고 있었습니다.

그녀는 어릴 때, 스무 살이 되면 죽을 거라 생각했습니다. 하지만 스무 살이 훌쩍 지난 지금도, 그녀는 살아있습니다. 그녀의 꿈이 생각을 바꾸어놓았습니다.

그녀는 오래오래 살아남을 생각입니다. 자신이 좋아하는 그림을 그리고, 자신이 좋아하는 작품을 만들고, 자신이 좋아하는 일을 하게 되었기 때문입니다.

다시 묻습니다.

그녀에게 세 개의 전구는 무슨 의미일까요. 우리는 어쩌면 그 답을 알고 있는지도 모릅니다. 말로 하거나 글로 쓰지 않더라도 가슴에 또렷하게 흘러 들어왔을 테니까요.

화가는 말합니다. 보이는 것만 보고, 보이는 것만 믿는, 가벼운 우리 삶의 안타까움과 아픔을 말하고 싶었다고.

생채기가 생긴 자신을 들여다보는 일이든, 상처 입힌 상대를 들여다보는 일이든, 진정한 마음을 거기에 실어놓지 않으면 아무것도 볼 수 없습니다. 마음으로 읽어야 볼 수 있습니다. 그저 세 개의 동그라미로만 보이는 전구가 가진 비밀을.

그녀는 '어린 왕자'에서 여우가 한, 이 말을 하고 싶었던 건지도 모릅니다.

'이제, 내 비밀을 말해 줄게. 내 비밀은 별게 아니야. 오직 마음으로 봐야 잘 보인다는 거야. 가장 중요한 건 눈에 보이지 않거든.'

마음을 열어야, 마음의 눈으로 세상을 볼 수 있을 것입니다.

Solid Digital C-print 50 X 75cm 2017年作

"코타키나발루에서 석양 보며 맥주 한 잔 "

화가의 말 .... *Vang Sohn*

　최선을 다해 하늘을 보면서 별을 세고 있을 때, 혹은 영화나 애니메이션을 보면서 낄낄대거나 흑흑댈 때, 잠들기 전 오늘 하루를 다시 생각하면서 천장을 바라볼 때, 나는 가장 집중한다.

　　　　　　　　　　　　* * *

화면을 압도하는 건 한 남자의 구부린 등입니다.

　남자는 두 손을 교차해 머리를 감싸고 귀를 막은 채 웅크리고 있습니다. 사진에 드러나진 않았지만 두 무릎은 세워져 턱이나 얼굴에 맞닿아 있겠지요.

　남자는 아마도 무언가 심한 고민에 빠져있거나 괴로워하고 있는지도 모르겠습니다. 세상의 소리가 다 듣기 싫다는 듯 두 귀까지 막아버렸습니다.

　고개 숙인 그가 웃고 있다고 생각되진 않습니다.
　그는 그렇게 구부린 채 무슨 생각을 하는 걸까요.

작가는 자아의 고집을 표현하고 싶었다고 합니다.

매끈한 질감을 부각시키는 방법으로, 여러 개의 근육이 모인 것이 아닌 단 하나의 세포처럼, 단단히 뭉쳐 하나가 되어버린 고집을 보여주고 싶었다고 합니다.

자신의 내면의 고집을 표현하고 싶었다고 작가는 말하지만, 사진에 드러난 한 남자의 구부린 등은 최대의 방어자세입니다.

누군가로부터 공격받을 때 상처를 최소화하기 위해 취할 수 있는 최고의 자세라고 볼 수 있습니다.

작가는 누구로부터, 무엇으로부터 방어하고 싶었던 걸까 문득 의문이 듭니다.

화가는 중학교 시절을 인도에서 보냈습니다.

일찍이 한국 학교의 시스템이 싫어서 스스로 유학을 간 것입니다. 열린 사고를 가진 부모님 덕에 인도에서의 학교생활은 많은 것을 획득하게 했습니다.

뛰어난 재능을 가진 작가는 고등학교 때 이미 다른 학생들의 외국어 과외를 하고, 뒤이어 명문대 법대에 입학하게 되었습니다.

하지만 작가는 법대를 자퇴하고 지금은 사진작가 활동에만 열중하고 있습니다.

"하고 싶은 것을 미뤄놓고 재미없는 공부를 하고 싶지 않았습니다."

작가는 자신의 소신을 밝히는 일도 아주 명쾌합니다. 사진을 위해 오로지 시간을 쏟아 붓는 지금이, 작가는 가장 행복합니다.

작품 'Solid'에서 작가는 소극적이고 이기적이면서도 완전한, 작가 자신의 상태를 표현했습니다. 완벽하게 방어적인 자세를 취한 모델의 모습이 한편 이해되는 지점입니다.

"제가 인생을 다 살고 나서 언젠가 죽을 때, 가져갈 수 있는 건 하나도 없을 것 같아요. 그래서 세상 이곳저곳을 돌아다니며 시간을 조금씩 잘라, 제 주머니에 넣는 행위가 좋아서 사진을 찍고 있습니다."

작가는 호탕한 목소리로 껄껄 웃었습니다.

'시간을 조금씩 잘라 주머니에 넣는 행위'를 작가는 사진이라고 설명했습니다.
지금 이 찰나의 시간은 그의 주머니에 어떻게 저장되고 있을까요?
그것은 그에게 어떤 의미로 만들어져 다시 세상으로 나오게 될까요?
궁금함이 다시 그의 사진을 들여다보게 합니다.

‘시간은

그저 먹먹히 홀로 흘러가고

그 속에 발을 담근 우리

가끔 뒤돌아 그리워할 거야.

그리고는 또 잊어버리겠지.

지금 이 순간 함께 존재했었다는 것을.

하지만 시간이 잘려 들어간 주머니 속엔

햇빛 한 조각, 빗물 한 방울

사라진 기억 오롯이 남아

아무도 알아낼 수 없는

베일 속 신비스런 빛으로

곱게 곱게 익어가겠지.

그렇게 익어 익어 술이 되겠지.’

나와 다른 나 Acrylic on Canvas 32 X 32cm 2014年作

" 행복이
완전한 행복으로
가득찬 건 아니지 "

화가의 말 .... 안소영

발밑에 물결치는 흔들리는 지층, 그 위에 우리는 너무도 견고해 보이
는 것들을 짓고 사랑하고 살아간다. 잠깐씩 그 지층이 불완전하다는 것
을 확인하지만, 그럴수록 안전해 보이는 것들을, 아름답다고 생각하는
것들에 집중한다. 불안해 보이면서도 희망을 보게 하고 싶었고, 희망
속에 사실을 확인 시켜주고 싶은 잔인함도 있었다. 찰나의 기쁨과 긴
고통이 함께하고, 불안 속에 희망을 품는다.

* * *

우리는 외부의 시선에 노출된 삶을 살아가면서, 본연의 자신이 아닌 다른 모습을 연출하게 되는 경우가 있습니다.

타인의 시선을 의식한, 진짜 자신이 아닌 또 다른 자신의 모습이 만들어지기도 합니다.

'나와 다른 나'는 화가가 자신을 탐구한 그림입니다.

화가는 스스로에게 질문을 던집니다.

'본연의 나와 연출된 나, 이 둘 중 누가 진짜 나인가?'

연출된 내 모습이 가짜라고 전제한다면 답은 나오지 않습니다.

결국 화가는, 원래의 나로부터 변화한 연출된 '나'를 외면하지 않고, 그것이 정글에서 살아남은 생존 방식이었음을 인정하게 됩니다. 거기서 진짜 찾고 싶었던 '자연스러운 나'를 만날 수 있었다고 고백합니다.

그림에 나타난 두 얼굴은, 진짜 '나'와 사회적 요구에 적응된 연출된 '나', 두 모습을 비교한 것입니다. 결국은 둘 중 하나가 아닌 절충의 어느 지점이, 내가 나라고 판단할 수 있는 스스로의 모습이 아닐까요.

화가는 여섯 살, 유치원 다닐 때부터 그림을 그렸습니다. 시작은 그림을 잘 그리는 일곱 살 어떤 언니 때문이었습니다. 언니의 그림을 흉내 내는 게 그 시작이었습니다.

흉내 낸 그림은 선생님과 친구들의 칭찬을 받게 됩니다. 그 칭찬은 점점 좋은 그림을 그리는 힘이 되었습니다. 화가는 어느새 유치원에서 가장 그림 잘 그리는 유명한 아이로 불립니다. 자연스럽게 장래희망이 정해지는 순간이었습니다.

하지만 대학 졸업 후는 그녀는 자신의 그림을 그리는 화가가 아니라, 의뢰를 받아 작업하는 일러스트레이터가 되었습니다.

아무 일 없이 평화로운 길을 갔다면, 아마도 그 직업만으로 꽤 오래 만족하며 살았을지도 모릅니다. 하지만 30대로 들어섰을 때 생각지 않은 일들이 일어납니다.

예기치 않았던 가족들과의 일들이 갑자기 자신을 공격했습니다. 혼자 감당하기 힘들고, 겉으로 드러낼 수도 없는 일이었습니다. 잠을 잘 수 없었습니다. 그리고 많이 울었습니다. 살아온 서른 해를 통틀어 가장 외롭던 시간이었습니다.

그러나 그때, 스스로의 마음을 털고 극복할 수 있게 해준 게 있었습니다.

자신의 그림 작업. 그림을 그리며 자신의 마음을 되돌아보고 위로해 줄 수 있었습니다. 그림은 그녀의 마음을 어루만져 주었습니다.

자신의 마음을 가장 잘 표현하는 법은 말도 글도 아닌 그림이라는 것을, 화가는 그때 깨닫게 됩니다.

한때 화가는 소설가를 꿈꾸었습니다.

하지만 미술을 전공하게 되고 그림 작업에 몰두하다 보니, 글로 어떤 표현을 하는 일에 한계를 느끼게 됩니다.

글은 온전히 자신을 드러내는 작업이라 사소한 두려움이 일기도 했습니다. 그림 작업은 그에 반해 더 은유적이며 더 비밀스럽게 표현할 수 있는 장점이 있었습니다. 화가는 늘 그림을 그리며 살아가리라 자부합니다.

우리는 변화합니다.

원래의 나 자신과, 세상에 보이는 연출된 나 자신은 어쩌면 분계선이 없는지도 모릅니다. 잠시 옷을 바꾸어 입고 다른 역할을 하는 상황일 뿐, 본질이 변하는 건 아닐 수도 있습니다.

하지만 30대 예술가라면 당연히 현실과 비현실, 현실과 이상의 사이에 분명한 분계선을 짓고 고민해야 한다고 생각합니다. 거기서 예술철학이 생기고 거기서 삶의 기준이 생기니까요.

그러나 두 개의 얼굴을 가진 '나'를 발견하게 되었다고 해서 분노하거나 괴로워하지는 않았으면 좋겠습니다.

우리는 어쩌면 여러 개의 가면을 쓰고, 그때그때의 상황에 적절한 어떤 인물을 연출해내는 연극배우인지도 모릅니다.

하루 중 몇 시간은 모성애가 넘치는 엄마로 살기도 하지만, 몇 시간은 오로지 나 자신만을 위한 순간으로 거듭나기도 하니까요.

내가 만일 나 자신에게 바라는 게 있다면, 그때그때 상황에 맞도록 그 배역을 잘 치러주길 바랄 뿐입니다.

　상황에 맞게 옷을 갈아입고, 그때그때 배역을 잘 소화해내는 일…….
그것은 두 얼굴의 쇼가 아니라 한 얼굴이 만들어내는 다른 측면의 프로
필이 아닐까요.

'연극이 필요하다.

가장 가까운 사이일수록

가장 허물없는 사이일수록

진심이나 진실에도 두꺼운 겉옷이 필요한 법

연극이 필요하다.

그 어떤 현실의 순간에도

다정함과 따듯함으로 모든 것을 덮을 수 있어야 한다.

상대가 필요로 하는 것은

차가운 현실이 보여주는 명백한 진실이 아니라

따뜻한 위로와 격려.

내 마음이 누군가에게 상처를 남겼다면

아무리 진실이나 진심이었다 해도

상처의 원인은 고스란히 내 것이다.

그래서

우리는 연극이 필요하다.

가장 가까운 사랑하는 사이일수록.'

긴 꿈을 꾸었다.

길고도 깊은 꿈이었다.

일어나 멍청히 밖을 내다보니 세상은 온통 매미소리뿐이다.

혹한의 겨울 꿈을 찢고 나와 내다보는 여름세상.

칼날 위에 발을 곧추세운 무녀처럼

현실과 꿈의 아련한 경계 속에

아찔한 현기증을 즐기는 여름오후.

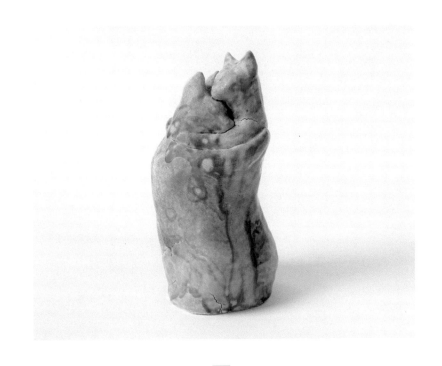

짝 조합토, 손 성형, 유약, 산화소성 1260℃, 삼벌소성 1100℃ 2016年作

"내가 살아있음을
느끼게 하는 "

화가의 말 .... 카나

동물 조각의 형태는, 고양이와 강아지의 조합과 더불어 비정형적인 추상적 조형성으로 완성된다. 나의 전체 작업 방식은 '나비효과'처럼, 그 순간의 감정과 마음속 이미지가 흙이라는 재료의 물질성으로 만나서 끊임없이 반응하며 만들어진 결과물이다. 그것은 항상 같은 짝을 품고 있으면서, 그 짝과 헤쳐 나가야 하는 여러 삶의 모습을 담아낸다. '비익연리'라는 말이 있다. 부부간의 사랑을 비유하는 말로 비익조라는 새와 연리지라는 나무를 합친 말이다. 이것은 진정한 사랑뿐 아니라, 삶을 살아가기 위한 행로에는 나만의 짝이 필요하다는 뜻이다. 나는 그 의지와 연결성을 시각화한다.

* * *

강아지 같고 고양이 같기도 한, 두 마리 귀여운 동물이 서로의 몸을 휘감고 포옹하고 있습니다. 안고 안겨 있는 모습만으로 보면, 둘의 관계는 연인이라기보다는 자식과 부모의 모습으로, 내면까지 끌어안은 깊은 포옹 같습니다.

양각과 음각을 신비하게 처리해, 본능의 깊은 애착까지 응축해 드러낸, 화가의 도조 작품 주제는 '짝'입니다.

짝을 주제로 한 동물 조각은 삶에서 입은 상처로부터 스스로를 보듬기 위해 시작했던, 자기 치료적인 작업이었다고 화가는 고백합니다.

어느 날 화가는 지독한 애정결핍, 불안증에 시달리다 낯선 어린아이와 만나게 됩니다. 아직 덜 자란, 더 많이 사랑받고 더 많이 보듬어지고 싶은, 자신의 내면을 뚫고 나온 어린 소녀였습니다.

소녀는 안고, 쓰다듬고, 만질 수 있는 자기만의 동물을 가지고 싶어 합니다.

화가는 어린 소녀가 좋아하는 강아지와 고양이를 모델로 드로잉을 시작했습니다. 수백 장의 드로잉을 하면서, 페인팅 단계의 색 구상도 함께 합니다. 위로가 되고 치유가 될, 따뜻하고 편안한 색을 골라놓습니다.

소녀의 손과 화가의 손이 함께 흙을 빚는 동안 세상의 걱정은 다 사라집니다. 불안이나 외로움은 자취도 없습니다. 세상에 나올 작품과 화가, 둘만의 사랑으로 함께하는 시간이 지속되기 때문입니다.

그녀의 손에서 빚어진 동물들은, 처음 가마에 들어가 800도의 불을 견딥니다. 그 후 1,100도와 1,260도에서 불과 함께 색이 두 번 입혀지면, 비로소 동물 조각은 형체를 갖추고 세상에 나오게 됩니다.

불에 구워져 나오는 중간 중간, 조각에 그림을 그리는 작업은 그녀를 매우 설레게 합니다. 두 번의 유약 채색 과정 동안, 안료의 흐르고 멈추는 속성을 염두에 둔, 디테일한 페인팅이어야 하기 때문입니다. 거기에 1,000도를 넘나드는 불의 영역은 언제나 예측 불허한 도발이기도 합니다.

순간순간 열정과 정성을 다하지 않으면 작품은 어느 순간 기물로 변해버립니다. 한순간의 놓침과 한순간의 무관심도 허락하지 않습니다.

도조 작업은, 밀착해서 안아야 할 타이밍에 한눈을 팔거나, 정성을 다해 어루만져야 할 시점에 딴짓을 하게 되면 단번에 식어버리는 사랑과 다르지 않습니다.

드로잉을 시작하는 시점부터 작품이 되어 세상에 나오는 순간까지, 어느 한순간도 다른 곳을 바라볼 수 없는 작업이 도조작업입니다. 그렇게 사랑을 쏟아야 작품으로 만들어지는 작업이 도조작업입니다.

'도조'는 그릇이 아닌, 도자를 소재로 한 예술품을 지칭합니다.
도자 조각ceamic sculpture을 의미하는 것으로 '도조'라는 용어는 미국의 도예가 피터 볼커스Peter voulkos가 처음 사용한 말입니다. 피터 볼커스는 도예계의 피카소라 불릴 정도로, 공예를 완전히 예술 개념으로 바꾸어 놓은 작가로서 큰 의미를 갖는 분입니다.

2001년, 대학시절 화가는 도자 엑스포에서 피터 볼커스를 직접 만났습니다. 흙을 아끼고 사랑하며 즐겁게 작업하는 그와의 만남은, 화가로서의 자신을 돌아보고 깨닫게 하는 인상적인 사건이었습니다.

동물 도조 작업을 하면서 그녀는, 자신의 내면에서 걸어 나온 어린 소녀와 깊게 대화할 수 있었습니다. 어릴 적 친했던 강아지와 고양이의 기억을 떠올리며 따뜻한 위로를 받았습니다.

마음속 이미지가 흙이라는 재료의 물질성을 만나, 끊임없이 반응하면서 만들어진 결과물이 '짝'이라는 이름을 갖게 되었습니다.

생이란, 함께 헤쳐 나갈 진정한 짝을 품을 때, 비로소 삶의 고통을 관통해내는 힘이 생기더라고 화가는 말합니다.

"비익연리라는 말이 있어요. 부부간의 사랑을 비유하는 말로, 비익조라는 새와 연리지라는 나무를 합친 말이지요. 저는 짝을 여기에 비유하지만, 짝의 의미가 꼭 애정적인 의미만은 아니에요. 서로 북돋우며, 함께하여 생성되는 에너지의 표현이라고 말하고 싶어요."

이제, 외롭다고 칭얼대는 낯선 어린 소녀는 없습니다.
365일 동안 그려내고, 빚고, 굽고, 바르는 동안 어린 소녀는 다시 어른으로 회복했습니다.

1,300도의 불꽃을 통과한 청자색의 예술을 가슴에 안고, 오늘은 그녀가 활짝 기쁜 웃음을 지었습니다.

나는 지금도
거짓말을 한다

나는 지금도 거짓말을 한다

아니요,
말하지 마세요.
나는 압니다.
하지만 말하지 마세요.

당신도 나를 사랑했다고
털어놓지 마세요.
흔들지 마세요.
사랑은 내 것만으로 충분합니다.

훌훌 털어 보낼 수 있는 만큼만
사랑했어요.
눈물 따윈 흘리지 않아요.
붙잡지 않아요.
바로 돌아서서 모른 척 그냥 가세요.

내동댕이쳐진 채로
이렇게 있어 볼게요.

짜릿했던 입맞춤은 잊어드릴게요.
달콤한 속삭임 따윈 기억나지도 않아요.
어쩌면 당신,
꿈이었는지 몰라요.

어느 날 잠에서 깨어 보니
당신이 있었습니다.
창을 열고 뚜벅뚜벅
당신이 걸어 들어왔습니다.

당신의 머리칼,
입술이 내게 와 닿던 순간을
지워드리겠어요.
당신의 숨결이 나를 스치던 순간을
잊어드리겠어요.

당신을 말하게 하고,
걷게 하고, 사랑하게 해서 미안합니다.
아프지 않습니다.

내 사랑은 딱 그만큼
당신을 보내고 울지 않을 만큼
이었으니까요.

그래요, 이제 가세요.
널브러진 채로 이렇게
바닥이 더 이상 견딜 수 없어질 때까지만
내동댕이쳐진 채로 이렇게 있어 볼게요.
그리고 일어나 창을 닫겠습니다.

하지만 당신은
잊지 말아요.
봄의 숨소리 들리던 그날부터
지금 이 순간까지
나는 단 한순간도
오로지 나였던 적이 없습니다.
나는 어쩔 수 없이
나는
바로 당신이었습니다.

小赤花(소적화) Pen on Paper _se 16001, 75 X 38.2cm   2016年作

“ 나의 바람
나의 소망 ”

화가의 말 .... 김태영

　마음의 상처는 사람마다 유형이나 깊이가 다르다. 나의 치유 과정이
또 다른 누군가에게도 치유가 되기를. 생각보다 긴 시간을 필요로 하겠
지만, 보잘것없는 한낱 잎새마저도 꽃으로 표현하는 내 작업과 마찬가
지로, 가치와 다름이 존중될 수 있는 그런 사회가 오기를.

＊ ＊ ＊

"**우리의** 내면에는 '과거의 나'와 '현재의 나'가 함께 살고 있다. 그것은 과거의 정도에 따라 표정으로 나타나기도 하고, 어떤 행동으로 나오기도 하며, 때로는 상처 받았던 아픔들이 특정 성격이나 질환으로 표출되기도 한다. 또한, 그런 것들로 인해 새로운 따돌림과 외면이 만들어지기도 한다."

화가는 학창 시절 지독한 따돌림과 폭력으로 힘든 시간을 보냈습니다. 이후 성인이 되어서도 멸시와 차별로 깊은 상처를 떠안게 됩니다.

드러내 놓고 말하기 힘든 상처가 깊어져 화가는 대인기피증이 생겼습니다. 늘 감춰야 했고, 숨겨야 했습니다. 긴 시간이었습니다.

part.4 나는 지금도 거짓말을 한다

화가는 세월이 흐르고 시간이 지나면 무언가 나아질 거라 믿고 기다렸습니다. 하지만 사회는 변함이 없었습니다.

화가는 버릇처럼 늘 감추고 또 숨깁니다. 사람들 앞에 내놓고 난도질 당하는 수모를 겪지 않으려면, 그것이 스스로를 지키는 유일한 방법이었습니다.

"소적화小赤花는 내 삶을 바라보며 치유하는 과정에서 만들어낸, 식물도감에는 없는 꽃입니다."

세상에는 없는 꽃, 소적화는 화가의 상상력이 만들어낸 아름다운 꽃입니다. 어려서부터 시작된 고통의 결실이 꽃이 되었습니다. 남들의 따돌림과 멸시 속에서 자라난 봉오리가 이렇게 아름다운 꽃으로 피었습니다.

소적화는 치유의 꽃입니다. 화가 자신이 스스로를 보듬어주기 위해 창조해낸, 세상에서 단 하나뿐인 꽃입니다.

그 꽃은 화가가 지금까지 약자의 위치에서 겪어야 했던 상처들의 흔적이며, 그런 자신을 보듬어주고 안아주며 격려해주는 꽃입니다. 또한, 그런 소외된 삶의 시간을 통해 절실히 느꼈던 사회를 향한 바람을 담은 꽃이기도 합니다.

마음의 상처는 사람마다 유형이나 깊이가 다르지만, 화가는 자신의 이 치유 과정이 또 다른 누군가에게도 치유가 될 수 있기를 기원합니다.

"어쩌면 아주 긴 시간이 필요하겠지만, 보잘것없는 잎새마저도 꽃이라는 존재로 표현하는 내 작업처럼, 가치와 다름이 존중될 수 있는 그런 사회이기를 간절히 바라고 또 소망합니다."

화가는 살아오면서 '가치'와 '다름'의 존중을 받을 수 없었다고 한탄합니다.
화가의 이야기를 통해, 병들고 아픈 우리 사회의 한쪽 면을 다시 또 확인합니다.

화가의 아픔은 아름다운 꽃이 되었지만, 그의 아픔이 완전히 치유가 된 건 아닐 것입니다. 화가가 치유되는 방법은 단 하나입니다. 고통을 제공했던 사회가 그에게 행복을 선사해야만 합니다.

상처를 준 이는 없는데 상처를 받은 이는 존재한다는 것이, 가능할까요?
우리는 받은 상처는 기억하지만 남에게 행한 상처는 잘 잊어버립니다.

내가 내 마음을 살피듯 조심조심, 상대의 마음을 살핀다면 나의 사소한 부주의로 고통 받는 누군가가 생겨나지 않을 것입니다.

주변을 돌아보세요.

나도 모르게 누군가를 아프게 하고 있진 않은가 점검해 보세요.

누군가가 내게 상처를 주길 바라지 않는다면, 나부터 먼저 시작해야 합니다.

상처 입고 우는 이가 있다면 다가가 안아주세요. 괜찮다고 토닥여주세요. 당신은 그에게 위안을 주고 있다고 생각하지만, 결국 그 위안은 당신의 것입니다. 그 상황이 분명, 당신에게도 위로가 될 테니까요.

내가 누군가에게 주는 위로는 결국 나의 것입니다. 명심하세요. 상처도 마찬가지입니다.

'얘야
붉은 노을빛이 골목에 떨어질 즈음
어머니는 문을 열어 아이를 부릅니다
이른 아침 창으로 부신 햇살 스며들 때
꽃 향에 취해 너무 멀리 가지는 말아라
꽃밭은 어지러워 돌아올 길 찾기 힘들단다
찰랑이는 아이의 머리칼을 빗으며
어머니는 말했더랬습니다
꽃밭에서 아이는

마냥 행복합니다

이렇게 아름다운 꽃잎

싱그러운 향기는 처음입니다

애야

어머니의 목소리를 밟으며

꿈결처럼 아이는 나비를 따라 달립니다

붉은 빛을 감은 날갯짓에

꽃밭으로 꽃밭으로 더 깊이 들어갑니다

애야

그림자가 골목으로 늘어집니다.

어머니는 모릅니다.

오래오래 꽃밭을 가꾼 이유가

오래오래 참고 견딘 이유가

지금 이 순간 이 봄을 위해서라는 것을

어둠이 그림자를 덮었습니다

진한 꽃향기는 봄밤을 떠돌았습니다.'

가끔 그녀를 읽으며 내 전생을 떠올린다. 나는 분명 지난번의 생에 그렇게 살았다. 그리고 망각의 강을 건너 이번의 삶을 입으며 결심했다. 그렇게는 살지 않겠다고. 가장 중요한 하나만 남기고 다 벗어던지리라고. 하지만 습성화된 내 지난 생은 매번 이번 생의 나를 간섭하고 그 기세가 커질 때마다 손에 든 신문에서 그녀의 삶을 읽게 된다. 망각의 강을 기억해낸다. 그리고 각성한다. 사람들이 부디 내 전생을 욕하지 말아주길… 당신은 설마 다음에도 그것을 택할 리는 없겠지. 슬픈 내 전생을 입은 그녀의 얼굴을 바라보며 문득 눈물 한 방울.

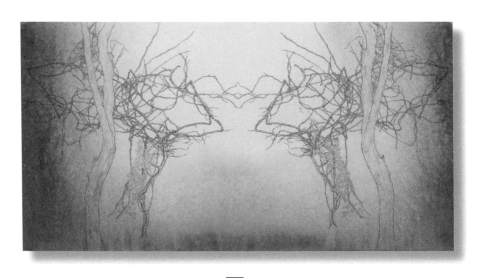

連理枝(연리지)II　순지에 수묵　142 X 74cm　2016年作

" 무질서는
질서를 창조한다 "

화가의 말 .... 이성빈

결국 무질서는 질서의 가능성을 담은 공간입니다. 그 무질서한 곳에
서 혼자 자리를 지키려 애쓰기보다는, 그 무질서의 혼란 속에 묻혀 함
께 어지러이 움직이다 보면, 놀랍게도 그 안에서 새로운 질서가 생기게
되는 일을 경험하곤 했습니다.

화가는 산책을 좋아합니다.

매일 동네의 숲길을 걷거나 근처의 산을 오릅니다. 그러다 어느 날 문득 걸음을 멈추고 고뇌합니다.

무질서하게 늘어놓은 자연의 자유로움을 정돈하는 방법이 없을까.

화가는 무질서한 자연의 형태 속에서 새로운 가능성을 만들어 보고 싶었습니다. 예상할 수 없이 마구 뻗어나가는 나뭇가지들, 엉킨 풀들을 화가의 해석으로 재정돈하고 재구성해서 새로운 질서를 만들어 보고 싶었습니다.

part.4 나는 지금도 거짓말을 한다

화가는 무질서에 자신의 해석을 넣어, 질서로의 탈바꿈을 시도합니다. 그렇게 '連理枝(연리지)Ⅱ'가 탄생하는 순간을 맞습니다.

무질서함이 질서로 바뀌는 순간, 세상은 반듯하게 다시 자리를 잡았습니다.

마구 자란 나뭇가지를 정돈하고, 얽히고설킨 등나무 넝쿨을 가지런히 다듬어 주는 일은 내면의 혼란함을 정돈하는 것과 다르지 않습니다.

우리의 삶 속에 혼재해 있는 무질서를 질서화하는 과정을, 화가는 치유라 믿습니다.

화가는 '연리지Ⅱ'에서 자연적인 무질서함을 화가만의 질서로 재정돈함으로써 아름다운 공간을 재창조해냈습니다.

"실제의 무질서한 복잡한 삶을 질서로 바로잡을 수는 없지만, 그림으로는 가능할 것 같았습니다. 가지런히 다듬고 정리하는 과정에서, 내면이 정리되는 걸 느꼈습니다. 무질서 속에서는 내가 어디가 아픈지 내 상처조차 분간할 수 없었는데, 이젠 훤히 다 보이더라고요. 그걸 발견하고 들여다보는 게, 일종의 치유였습니다."

섬세한 선이 대칭된 그녀의 그림은, 가만히 들여다보는 것만으로도 충분히 치유의 경험이 될 것 같습니다.

'변덕스런 자연
비가 내리거나 바람이 불거나
뜨거운 햇살로 옷을 벗겨버리거나
맘대로 세상을 흩트려 놓는다.

사방팔방 뻗어나간 가지들은
길을 막고 하늘을 막고 가지를 막는다

무질서는 질서의 원천
자유로움을 던져놓고
다시 태어난다.

가지런히 반듯이
양쪽 날개를 펴고

비가 내리거나 바람이 불거나
차가운 눈발이 세상을 덮어버리거나
단정히 세상을 정리해 놓는다.'

··· 회상 6 ···

　아침인 줄 알고 깨었는데 이 시간이다. 혼곤한 꿈을 떨치려 베란다 창에 기대선다. 어둠이 고요히 차 있는 밖의 세상.아직 첫새벽의 봄은 차다. 차라리 고요를 깨며 귀뚜라미 소리라도 울려 나올 으스한 가을밤 같다. 지난가을을 어떻게 지났는지 기억이 없다. 지난해, 봄기운이 가시자마자부터 다시 봄꽃 향 피어나는 이즈음까지 떠밀리듯 내쳐 달려왔다. 무엇을 얻었는가, 무엇을 잃었는가, 어디쯤 와 있나, 나의 뒷자락을 들추어본다. 이 새벽, 혼곤한 꿈이 나를 일으켜 어둠 앞에 세워놓았다. 자, 이제 말하라. 지금은 너의 말을 들어줄 준비가 되어있다.

Emptiness Pencil 30.5 X 30.5cm 2014年作

추억과 같은 흔적이기에 그림은 참으로 가치 있는 것

화가의 말 .... 박예진

　지쳐가는 마음에 잠깐이나마 위로가 될 수 있는 그림 한 점의 쉼표로, 마음의 여유를 전하고 싶다. 너무 강렬하지도 너무 채워지지도 않고, 적당한 색감의 적당한 채도로, 당신에게 따뜻함과 편안함이 남는 그림을 선물해주고 싶다. 그림을 바라보며 느껴지는 감정 그대로, 공감하고 쏟아내고 표현해도 좋다. 당신의 온전한 마음 그대로.

* * *

'Emptiness'

　사람들은 모두 제각각 보이지 않는 마음의 거리를 정해 놓고 살아가는 게 아닐까, 화가는 생각합니다.

　사람과 사람이 쉽게 가까워진 것 같다가도 어느 날 보면, 다시 처음처럼 그때의 그 거리를 유지하고 있으니까요.

　우리는 사람마다 정해둔 마음의 길이만큼만 상대를 허용하고, 그 마음의 넓이에만 맞춰 반응하고 생각하는 데에 길들여졌는지도 모릅니다.

　화가의 그림은, 그런 인간관계에 지친 사람의 모습을 보여주고 있는지도 모르겠습니다. 그래서 제목이 Emptiness공허인 걸까요?

화가는 사람과 동물, 살아있는 소중한 모든 것을 그림 속에 그리움으로 담고 있습니다. 하루하루 힘겨운 누군가에게, 삶이 버거운 우리 모두에게, 화가는 잠시라도 위로가 될 수 있는 그림 한 점의 쉼표로 마음의 여유를 전하고 싶어 합니다.

어렸을 적에 화가는 그림보다 음악을 더 좋아했습니다. 신문방송학을 전공했지만 광고나 영상, 어디든 디자인이 필요하다는 생각에 삽화나 일러스트에 더 치중하게 됩니다.

대학원 공부와 사회생활을 병행했던 어떤 시절, 그림을 손에서 놓은 적이 있습니다. 그때 다시 그림을 그리게 된 건, 소중한 분이 건네준 진심이 담긴 말 한마디 덕분입니다.

그래서 화가는, 자신의 그림이 많은 사람에게 따뜻함으로 전달되기를 바랍니다. 누군가의 따뜻한 말 한마디나, 소중하게 느끼는 시선들로도, 사람들은 위안 받고 변화하기 시작하니까요.

누군가의 마음에 힘이 되어주고 감동을 전하는 일은 위대함이라고 생각합니다. 그래서 화가는 계속 그림을 그리는지도 모릅니다.

화가는 이 작품을 공허함으로 시작했을지 모르지만, 그림을 마칠 즈음 분명 충만함으로 작업이 마무리 되었을 것입니다.

우리, 가끔은 자신에게 따뜻한 손을 내밀어주면 좋겠습니다. 밖에서 나를 보는 누군가가 아니라, 바로 내가 나 자신에게, 내 안의 쓸쓸함에게 혹은 아픔이나 고통에게 손을 내밀어주면 좋겠습니다.

힘들었지? 수고했어. 이제 아무 걱정하지 않아도 돼.
스스로가 스스로에게 선물의 말을 건네면 좋겠습니다. 다 잘 될 거야. 이제 아무 걱정하지 마.

'아픔이란
처마에서 떨어지는 물처럼
한 방울씩 마음속에 모여 있다
한순간 봇물처럼 밖으로 터져 나오는 것.

정말 아프면
소리를 지를 수 없다.
신음소리를 내거나,
비명을 지르거나
아프다는 말을 할 수 있다는 것은
스스로 치유의 방법을 알고 있다는 것

스스로 다독여주기

　　　　　　　　　part.4 나는 지금도 거짓말을 한다

스스로 칭찬해주기

스스로 위로해주기

스스로.'

------------------------------ ··· 회상 7 ··· ------------------------------

사람과 사람의 관계도 생명체와 같아서 숨을 쉰다. 생성되고 사라진다.
다만 그것이 일어남과 스러짐을 잘 모를 뿐이다. 혹 우리가 미리 그것
을 알 수 있었다면? 무언가 달라졌을까.

무언가 다를 수 있었을까.

한국풍경 한지에 피그먼트프린트 50 X 60cm 2017年作

"나는 찍는다,
고로 존재한다"

화가의 말 .... 손묵광

　마이너 화이트Minor White는, 풍경을 담은 사진 역시도 결국, 사진가
의 '내면을 담은 풍경화'로서, '카메라를 통하여 자아에 대한 보다 밀도
있는 발견'을 하는 과정에서 나온 결과라고 했다. 20세기 최고의 시인
릴케의 「그대는 자연풍경」이란 시에서도 역시, "형제처럼 늘어선 자작
나무들이 두 손으로 하루를 향해 매일 아침을 떠밀어 올리는 숲"이라
며, 경이롭고 경건하게 노래했다.

***

‘한국풍경’이라는 제목을 걸어놓은 이 작품은 아마도 작가가 한국을 떠나며, 혹은 한국으로 돌아오며 포착한 작품일 것입니다.

가끔 여행이나 업무로 한국을 떠날 때 스치며 보는 풍경입니다. 떠날 때는 떠날 때대로, 돌아올 때는 돌아올 때대로 감회가 있습니다.

상공에서 자신이 머물던 어떤 공간을 확인하는 일은, 묘한 쾌감과 슬픔을 동시에 줍니다. 그리고 어떤 불안도 함께합니다.

바람과 구름이 늘 같지 않아서 그 풍경이 일정하진 않지만 ‘한국풍경’은 상공 6천 미터부터 1만4천 미터 사이에서 볼 수 있는 상층구름입니다.

그 구름을 걷어내야 한반도가 눈앞에 나타나겠지요.

"이번 작품을 준비하면서 때론 힘들기도 했지만, 기쁨을 느낄 때가 더 많았습니다. 세상의 모든 것은 진부하지만, 작가의 포충망을 지나는 순간, 그 낯익은 대상은 매우 경이롭고 새롭게 태어나기 때문입니다."

이번 작품 '한국풍경'처럼, 작가의 작품은 주로 풍경이 대상입니다.

예술장르로서의 사진이 정착된 후 풍경사진은 인물사진과 더불어, 가장 쉽게 접근할 수 있는 중요한 예술적 모티브였다고 작가는 말합니다.

자연은 작가의 영감의 원천이며, 자연풍경은 계절에 따른 심상의 변화 혹은 원근의 기억 등을 매개로, 아주 다채롭게 변주되어 왔습니다.
하지만 언제부턴가 '풍경사진'은 낡은 장르로 인식되어 가고 있다고 작가는 한탄합니다.

"자연풍경은 결코 포스트모던 시대의 사시적斜視的 대상이 아닙니다. 내가 그리고자 한 것은 일상성 속에서 만나는 대상을, 새로운 눈으로 담아 보고자 하는 의지의 표현입니다."

자연은 모든 예술가의 영감의 대상입니다. 작가는 늘 자연과 풍경을 주시합니다. 그곳에 자신이 만들어내고자 하는 예술적 세상이 존재하기 때문입니다.

작가는 풍경의 재현이 아닌, 진경산수眞景山水를 바탕으로 한국 산천의 내밀한 변화와 그에 따라 호흡이 달라지는, 자신의 내면을 담는 데 예술혼을 쏟고 있습니다.

작가는 자신과 뜻을 같이 하는 후학들을 위해, 무언가 선구자의 역할을 하고 싶어 합니다. 하지만 지역 전업 작가로서의 역할이 그리 쉽지 않을뿐더러, 특히 사진가로서의 삶은 녹록지 않습니다.

가끔 작가는 자신에게 질문합니다.

아티스트의 역할은 제대로 하고 있는지, 지역의 선두 사진가로서의 역할은 잘 해내고 있는지…….

아직 갈 길은 멀지만 한 발자국 한 발자국 걸음을 남기고 걸으면, 언젠가 후학들이 그 뒤를 좀 더 쉽게 따라오리라 믿으며, 작가는 힘차게 앞을 헤쳐 나갑니다. 모든 작업은 아직, 진행형입니다.

'사람이 사람을 사랑한다는 것은
섬광 같은 단 한순간의 느낌 때문이다.

하지만 빛의 속도로 달려온 그 느낌은
수십 년의 세월을 통과해온 것.

스치며 지나가는 세상의 모든 것을
한순간 멈추어놓고 내 앞에 세워놓는 일

그것은 기록이 되고 역사가 되고
긴 세월을 증명하는 단서가 된다.

수많은 시간들 중 한 장면이 남겨지는 것은
섬광 같은 단 한순간의 느낌 때문이다.

하지만 빛의 속도로 달려온 그 느낌은
수십 년의 세월을 연마해온 것'

가출 Acrylic on Canvas   90.9 X 72.7cm   2017年作

"궁지에 몰렸다"

화가의 말 .... 조미연

어떤 날은, 있는 그대로의 지금 내 감정적인 상황을 바라본다. 끊임없이 나를 탓하고, 다른 이들을 흉내 내고, 나의 것들을 감추고 숨기고 궁지에 몰아넣으며 억압했던 나의 것들을 바라보면서, 그것들에 연민을 느낀다. 이것들을 외면하려면 충분히 외면할 수도, 없는 셈 칠 수도 있을 것 같지만, 이 상황을 빠져나갈 구멍들은 잠시 두고 지금은 나의 이 상황을 충분히 느끼며 힘껏 엎드려 울고 싶다.

　　　　　　　　　　　　　＊ ＊ ＊

'**나는** 지속적으로 다른 이들 속에 섞이는 것에 실패를 겪었었다. 나의 문제는 대체 뭘까?'

　화가는 늘 마음속의 자신과 대화합니다.
　자신의 문제가 뭔지, 왜 대중 속에 섞이지 못하는지, 사람들로부터 한 걸음 떨어져 계속 자신에게 질문합니다.

　그래서 한동안은 남들의 시선에 자신을 맞추려 노력하며 살기도 했습니다. 스스로를 낮추고 깎고 다른 사람들의 좋은 점을 답습하면서 어울리던 어느 날 문득, 그렇게 다른 사람들의 시선에 매달린 삶을 살아가고 있는 자신을 발견합니다.

사람들과 어울리기 위해 내 이기심을 버릴 수 있지만, 전적으로 그들에게 맞추기 위해 나를 버리는 노력은 아무 의미가 없다는 생각이 들었습니다.

 그때부터 자신을 들여다보기로 합니다. 남들에게 맞추기 위해 내려놓은 자신감과 자존감을 복원하기 위해, 하나하나 내면을 되짚어 보기로 했습니다.

 다른 무엇보다, 자신에게 가장 소중한 그림에 대한 부분을 말할 때, 초라해져 있는 자신을 발견합니다. 화가는 그런 자신이, 스스로를 힘들게 하고 있다는 걸 느낍니다.

 그래서 그 치유의 방법으로, 자신의 내면에서 올라오는 생각을 그림으로 그리기 시작했습니다.

 이렇게 시작한 그림이 '가출'입니다. 자신이 자신을 찾아가는 과정에서 그린 그림입니다.

 그림 '가출'에는 따뜻한 집이 등장합니다. 집에서 밖을 내다볼 땐 아무 느낌 없었던 밝은 창문은, 내가 가출을 하고 어둠 속에 서 있는 동안, 다다를 수 없는 어떤 행복의 이미지로 느껴집니다.

 화가는 학창 시절 정말 가출을 한 적이 있습니다.
 반나절의 시간이지만 화가에게 그것은 큰 경험이었습니다. 다시는 집으로 돌아갈 수 없을 것만 같은 불안감과, 돌아가도 가족들이 받아주지 않으면 어쩌나 하는 두려움. 시간이 한참 지났지만 그것은 공포처럼 남아있다고 화가는 말합니다.

주위가 어두워지고 날씨가 추워질 때, 가장 부러운 것은 밝은 불빛이 새어 나오는 창문입니다. 마치 그 안에선 온 가족이 모여 앉아 크리스마스 캐럴을 노래하고, 케이크를 자르며 박수라도 칠 것만 같습니다. 단란하게 맞는 그들의 일상적인 저녁이, 그렇게 소중하게 보인 건 처음입니다.

다른 이들은 모두 행복하게 잘 살아가고 있는데, 화가는 자신만 소외된 느낌을 받습니다. 불빛이 새어 나오는 창문 앞에서 화가는 마음먹습니다. 다시는 가출을 하지 않기로.

더 많은 세월을 살다 보면, 늘 행복한 사람이란 없다는 걸 알게 됩니다. 우리는 우리의 결핍만 들여다보기에, 내가 가지지 않은 걸 가진 사람들을 보고 부러워하는 것입니다.

늘 행복한 사람은 없습니다. 행복은 한순간의 감정이고 그 순간이 지속된다 할지라도, 행복의 감정은 지속되지 않습니다.

내가 가지지 않은 걸 부러워할 필요는 없습니다.

문을 열고 안을 들여다보면 우리는 다 비슷합니다. 혼자만 많이 가진 채 살아가지도 않고 혼자만 다 잃은 채 살아가지도 않습니다.

누가 무엇을 가졌는지 관심 가질 필요 없습니다.

그들의 행복이 어디서 오며 얼마나 행복한지 관심 가질 필요 없습니다.

나는 나입니다.

누구의 상대 개념으로 내가 존재하는 게 아니라, 오로지 나는 나입니다. 상대가 행복해 보인다고 부러워할 필요도 없고, 그 반대라고 해서 쉽게 나를 던져 동정할 필요도 없습니다.

내 몫의 기쁨, 내 몫의 행복을 찾으면 됩니다.

가만히 내 속의 소리에 귀를 기울이면, 내가 어떻게 하면 행복할지 어떻게 하면 즐거울지, 마음의 소리가 들려올 것입니다.

남의 관심에 내 관심을 보태지 마세요.

내가 나로 우뚝 선다면 모두 내게 관심을 가질 것입니다. 오로지 나만의 세계를 구축해 놓은, 매력적인 한 사람으로 우뚝 서는 일. 그것이 가장 중요한 일입니다.

'어떤 순간 충실했던 감정을 시간이 위배했다고 해서
그것이 꼭 유희는 아닐 것이다.

모든 것은 흐르는 물처럼 어딘가로 달려가고 있는 것이다.
순간을 위배하며 달리는 시간에 브레이크를 걸고 싶다면
소중한 무엇에 대한 시효를 확장시키는 수밖에 없다.

아무 노력 없이 순간의 위배에 대해 비난하지 말라.'

담다 Acrylic on Canvas   91.0 X 116.8cm   2016年作

"그림은 나 자신에게 전하는 위로와 치유"

화가의 말 .... 정현동

여러 복잡한 감정을 갖고 살아가는 것은 힘들고 혼란스러운 일입니다. 저와 같은 현대인들의 모습에서, 복잡하고 혼란스러운 감정들을 다른 사물에 담아 부담을 덜고 싶단 생각을 하게 되었습니다. 그래서 인간의 감정을 담을 매체를 찾기 시작했는데, 집과의 거리에서 가장 접하기 쉬운 매체 중 하나가, '꽃'이었다는 것을 알게 되었습니다. 이는 단순히 주변을 꾸미는 장식일 뿐만 아니라, 예전부터 인간의 감정을 담아 슬픔 및 기쁨을 함께 나누는 소재로 쓰여 왔습니다. 애정을 담은 한 송이의 꽃으로도 자신의 마음을 표현할 수 있으며, 이는 언제나 우리와 가까운 곳에서 인간과 많은 교감을 하고 있는 매체란 생각을 하게 되었습니다.

아름다운 여인의 얼굴에 꽃이 한가득입니다.

여인의 미모만으로도 향기가 날 것 같은데 화가는 거기에 꽃을 담았습니다. 여인의 표정은 꽃입니다.

우리는 표정으로 많은 이야기를 합니다. 말 한마디 하지 않더라도, 이미 표정으로 어떤 상황과 감정들이 상대에게 건너갑니다. 표정만으로 충분히 소통하게 됩니다.

화가는 여인의 표정 대신, 화려한 꽃을 담아놓았습니다. 화가는 꽃으로 무슨 이야기를 하고 싶었던 걸까요?

현대인들은 복잡한 감정의 소비로 지쳐가고 있다고 화가는 말합니다. 감정과 감정들이 얽혀서 치명적인 오해를 불러일으키기도 하고, 지나친 감정표현으로 스트레스가 발생되기도 한다고.

화가는 복잡한 감정을 가지고 혼란스럽게 살아가는 삶에 제동을 걸었습니다. 무겁고 복잡한 감정들을 가지고 힘들게 살아가는 것은 불필요한 소모일 뿐이라고 여기기 때문입니다. 혼란스러운 감정들로부터 홀가분해지는 방법이 있다면 화가는 찾아내고 싶었습니다.

감정을 대신 담아놓을 무언가를 고르다, 화가는 어딘가에 시선을 가져갑니다. 바로 꽃입니다. 사람의 모든 감정을 대신해 온 아름다운 매개체가 바로 꽃이었습니다.

기쁨이나 슬픔, 행복함이나 애도, 사랑이나 축하, 이 모든 감정을 언제나 꽃이 함께해 왔습니다.

"저는 그림을 그리며 제 자신에게 위로를 얻습니다. 사회 속에서 겪은 수많은 감정과 인간관계에서 오는 스트레스들이, 그림 그리는 작업을 통해 해방이 되고 자유로움이 됩니다."

화가의 '담다' 시리즈 작품에는 모두 아름다운 꽃이 담겨있습니다.

그림을 그리며 스스로에게서 해방감을 가지듯, 자신의 그림을 보는 이들도 함께 치유의 느낌을 가지게 하고 싶어서 꽃을 그린다고, 화가는 고백합니다.

사랑하는 이에게 꽃을 선물한 적이 있는가 하는 질문에 화가는 답을 하지 못합니다. 한 번도 꽃을 선물하지 않고 사랑을 할 수 있었던가요?

그 질문에도 화가는 답을 하지 않았습니다.

　감정을 대신하여 누군가에게 전달하는 좋은 방법이 꽃을 전하는 것입니다. 복잡한 감정을 대신해서, 한 송이 꽃을 전하는 연습이 우리에게 필요합니다.

　'비 내리는 날 우체국에 가면
　그리운 누군가를 만날 것만 같다.
　이런 詩가 있었던가요.

　넓은 우체국, 번호표를 받아들고
　푹신하고 말랑한 의자 등받이에 몸을 기대고서
　베고니아 화분이 놓인 우체국이
　어딘가에 있기는 할까 생각합니다.

　봉함엽서에 깨알 같은 글자를 써넣을 일도 없고
　꽃잎 편지지를 가슴에 품고
　붉어진 얼굴을 감추는 일이 없어진 지금,
　우체국은 더 이상 가슴 설레는 곳이 아닙니다.
　비가 내리고, 바람이 불고, 낙엽이 떨어지지만
　그 누구도 창문 앞에 서서 편지를 쓰는 이는 없습니다.

　하지만 아직, 여기 이곳의 우체국은,

70년대쯤의 분위기를 그대로 머금고 있습니다.
이십 년쯤을 움찔움찔 뒷걸음치며 살아온 듯한
회색빛 같다고 할까요.

채 마감질을 하지 못한
시멘트 바닥 같은 투박한 이곳에서
나는 언젠가 편지를 쓴 것 같습니다.
오늘에야 처음 이곳에 발을 들였지만
내 의식하지 못하는 언젠가
나는 떨리는 손으로 편지를 쓰고
편지봉투에 우표를 붙였습니다.

술에 취해 잠이 든 어떤 날의 꿈결에서
혹은 전혀 기억하지 못하는
이미 살아버린 지난 生에서

그러니 당신,
오실 땐 한아름 꽃을 가져다주세요.
꽃잎으로 톡톡 마음을 두드려주세요.'

상처가
상처에게

상처가 상처에게

가끔 장에 들러 양파를 삽니다.
새봄, 햇양파가 나오기 전까지의 양파는
대개 조금씩 썩거나 물컹하게 곪아 있어
고르기가 어렵지요.
어떨 땐 시들거나 상한 부위가 없어 보여도
정작 칼로 잘라 보면
속이 곪아 있는 경우가 있습니다.
반대로 시들고 병들어 보여도 겉껍질을 벗겨내고 나면
아주 단단하게 그 생명력을 유지하고 있는 경우도 있습니다.

어쩌면 사람도 비슷하지 않을까요.
보이는 건 겉으로 드러난 부분일 뿐
눈에 띄지 않는 깊은 곳에
어떤 아픔이 자라고 있는지
어떤 고통이 응어리져 있는지

마음을 활짝 열어보지 않으면 우리는 모르니까요.

우리는 모두 스스로 어디가 어떻게 아픈지 모르거나
모른 척 살아가고 있는지도 모릅니다.

겉으로 보이는 자신과
안에서 아파하는 또 다른 자신의 간극을
이해할 수 없을지도 모릅니다.
물컹하게 곪은 양파 껍질을 벗겨내면
싱싱한 속살이 나온다는 걸 모르듯 말이지요.

때로 우리는 지나온 길을 돌아보며
움푹움푹 골이 패인 상처의 흔적을 한탄합니다.
나이의 숫자가 늘어나며 만들어진 그것들이
철 지난 양파 껍질처럼
썩거나 시들어 있어 감추고 싶을지도 모르겠습니다.

우리가 살아온 생의 흔적이
정말 그렇게 부끄러운 것일까요.
그 삶의 자취가 편편함이나 말짱함
혹은 반듯함으로만 보인다면
나이라는 숫자의 증가란 얼마나 볼품없고 시시한 것일까요.

진정한 생의 흔적이란,
칼로 도려졌거나 망치에 깊게 패인
치명상을 입어 망가진 웅덩이 같은 모습 아닐까요?
패이고 망가진 상처가 없다면
치열했던 생을 무엇으로 증명할 수 있을까요.

껍데기가 멍들고 곪아진 것에 아파할 건 없습니다.
어차피 우리 삶이란,
패이고 멍들고 망가지면서 완성되는
시간의 건축물입니다.

정말 중요한 건
패이고 멍든 상처 속에서 숨 쉬며 자라고 있는
깊게 패인 웅덩이 속에 남은 싱싱한 생명력,
거기서 자라 나오는 생생한 속살입니다.

어차피 생은 쓸쓸한 것입니다.
어디서도 그 아픔과 쓸쓸함으로부터 달아나는 방법을
알아낼 수는 없을 것입니다.

하지만 짧은 한순간
그것들을 뛰어넘을 따뜻함을 발견할 수는 있지 않을까요?

곪거나 상해버린 부분에 가려진,

깊게 패인 웅덩이 속에 남은 싱싱한 생명력.

그곳에서 생생한 속살이 자라

썩은 껍질의 자리를 단단한 새 살로 채우는 것,

그것을 따뜻함이라 부르고 싶습니다.

그것을 나는

치유라 부르고 싶습니다.

SAY NO BITCH   Acrylic on brochure   23.5 X 31.5cm   2017年作

" 현재가 아닌 것은
행복이 아니다 "

화가의 말 .... EZMONSTER

내가 하고 싶은 이야기를 그림으로 나타낼 때, 사실 남의 시선까지는
신경 쓰지 않는다.

나 스스로 솔직할 때 나오는 작업이 진짜 작업이 아닐까? 또한, 작업
을 할 땐 치열하게 집중을 하고 있기 때문에 그림 외엔, 다른 생각은 않
는다. 나는 하고 싶은 말도 잘 못하고 생각이 많으니까, 그림으로 하고
싶은 말을 표현하고 그림으로 그런 생각을 정리한다.

***

화가는 어려서부터 되고 싶은 게 너무나 많았습니다. 하지만 자라면서, 혼자 그림 그리는 시간이 너무 행복하게 느껴져 미술을 전공하게 됩니다.

처음엔 부모님의 반대로 조금 흔들리긴 했지만, 정말 자신이 하고 싶은 건 그림 그리는 일이란 걸 알고부터 마음이 굳건해졌습니다.

다른 사람들과 달리 화가는 그림을 그리기 전에 우선, 생각으로 정립하는 과정이 있습니다. 생각들이 많이 모여야 그림을 그릴 수 있습니다.

그래서 화가의 그림은 시작이 늘 문장입니다. 기록한 글들로 작업이 시작되기 때문입니다.

그림을 그리기 전엔 항상, 생각하고 기록하는 일이 가장 우선되는 일입니다.

그런데 생각이란 건 괴물 같아서, 마지막에 다다르면 가끔씩 그림의 주제가 아니라 다른 곳으로 빠져버리기도 합니다.

요즘 화가가 다다르는 결말은 죽음입니다.

죽음을 화두로 그림을 그린 적도 없고 그리지도 않지만, 요즘은 이상하게 죽음으로 생각이 귀결되는 때가 많습니다.

요즘 엄마가 많이 아프십니다.

엄마만 생각하면 화가는 마음이 무너져 내립니다.

엄마의 아픔이 자신 때문일지도 모른다는 생각에, 문득문득 길을 가다 멈추고 엄마를 생각합니다.

아무 생각 없이 살아왔던 지난날들이 후회가 되기도 했습니다. 엄마가 이렇게 아플 줄 알았다면, 화가는 좀 더 착한 딸로 살았을 거라 생각합니다.

아프기 전의 엄마와 더 많이 이야기하고 더 많은 시간을 보냈을 것 같습니다. 만약, 미리 그러한 것들을 알았더라면…….

지금은 엄마가 아파서 많은 시간을 함께하지 못합니다. 화가는 엄마 앞에서 밝은 표정을 지으려 애쓰지만, 가끔 혼자 있을 때 울컥울컥 울음이 쏟아져 나옵니다.

화가는 모든 게 후회가 됩니다.

그런데… 어쩌면 엄마도 비슷한 마음이 아닐까요?
사랑하는 딸과 긴 시간을 함께하지 못하고 아프다는 사실이, 엄마는
미안할 것입니다.

엄마는 딸에게 할 말이 많습니다. 알려 줄 것도 많고 당부할 것도 많
습니다. 아파서 그걸 못하고 있는 엄마는 어쩌면, 화가보다 더 마음이
쓰릴 것입니다.
엄마는 내 딸이, 내 아들이 아픈 게 싫습니다.
더구나 자신이 아픈 걸로 자식이 마음 아파한다면, 엄마는 그 고통조
차 모두 떠안고 싶어 할 것입니다. 그게 엄마니까요.

엄마는… 엄마라는 사람은, 죽어서도 엄마라고 불릴 수밖에 없는, 죽
어서도 엄마라는 이름을 가져가는 사람입니다. 그래서 엄마는 다 압니다.
내 딸이 아파하는지, 내 아들이 슬퍼하는지, 우는지, 웃는지……. 엄마
니까요. 엄마는 원래 그런 사람이니까요.

그러니 아무 걱정하지 말고, 늘 웃어드리고 많은 이야기를 나누며 많
이 안아드리면 좋겠습니다.

'할 말이 있어.
이 순간 지금의 바로 이 순간
내가 어떤 기분인지, 어떤 느낌인지
어떻게 이 순간을 견디고 있는지 말하고 싶어.
때론 한 줄기였다가 혹은 한 묶음이었던 그것들이
오늘 지금 이 순간엔 가슴을 찢고 쏟아져 나와
세상의 전부가 되어버렸다는 것을
말하고 싶어.

알아. 다시 주워 담지 않아도
내일 아침 잠에서 깨면
모든 게 다 원래의 자리로 돌아와 있을 거라는 것을
어쩌면 아리는 고통 하나 없이
제자리에서 상쾌하게 일어나 앉으리라는 것을
알아

그래서 말하고 싶어.
지금 이 순간이 얼마나 고통스러운지를
잠을 자면 씻은 듯 아물게 될 생채기
그 말짱할 뻔뻔함을 향해 외치고 싶어.
지금 나는 아파….
그래서 도저히 숨을 쉴 수가 없어.'

그런 존재 한지에 수간분채, 호분, 방해말, 색연필 45.5 X 53.0cm 2012年作

화가의 말 .... SUNNY OH

　길을 가다가 무심코 앉았을 때나 공원 벤치를 찾아 앉았을 때, 우리
는 지나다니는 개미들을 볼 수 있다. 의도적으로 개미를 본다기보다는,
다만 그것들이 보일 뿐이다. 그러나 신기하게도 개미들을 발견함과 동
시에, 우리들 눈은 그것들을 따라가게 된다. 즉 '지켜보다.'라는 행동을
취하게 되는 것이다. 그럼으로써 우리는, 스스로 판단하고 생각하는 것
들을 잃어버리고 개미 자체에만 의식이 집중되어 있는 것이다.

* * *

요즘 화가가 관심을 가지고 있는 것은 반복을 통한 치유와 소통입니다.

그것에는 선을 반복하여 하나의 이미지를 형성하는 방법과, 하나의 무늬에 안료를 층층이 쌓아올리는 반복 작업으로 패턴화하는 방법, 이두 가지가 있습니다.

둘 다 말 그대로 차곡차곡 쌓아 올리는 것입니다.

단순해 보이지만, 겉으로 한 층, 한 층 쌓이는 것은, 자신 내면의 생각과 감정이 쌓이는 것과 비슷합니다.

이러한 반복과정이 계속 진행되다 보면 어느 순간 '자기치유'를 경험하게 됩니다.

Part.5 상처가 상처에게

문화재 복원 분야의 일을 하고 있는 화가는 전통재료에 대한 깊이 있는 공부를 하고 싶었습니다. 한국화를 전공했지만 그것으로는 부족함을 느꼈습니다.

한국전통과 관련된 여러 작업을 하게 되면서, 화가는 전통 재료와 기법을 배우게 되고 그와 연관된 작업으로 그림을 그리고 있습니다.

화가의 작품 '그런 존재'도 주된 기법은 반복입니다. 선을 지속적으로 반복해 하나의 이미지를 만들어낸 그림입니다.

"처음 작업을 시작하면 제 안의 생각들이 무리 지어 위로 떠올라옵니다. 내 생각 속에 이런 게 들어있었나 싶게 많은 것들이 떠올라오지요. 가끔 그 순간 복잡한 마음이 싫어, 작업을 그만하고 싶을 때가 있어요. 그런데 그 순간을 넘기고 나면 다음부턴 하나하나 가라앉기 시작합니다. 작업을 마칠 때면 잡다한 것들은 자취도 남기지 않고 사라지고 없어요."

화가는 그림을 그리는 작업이 바로 치유의 작업이라고 말합니다. 어쩌면 그 작업은 치유를 넘어, 구도자의 기도처럼 보이기도 합니다.

화가의 작품 '그런 존재'를 자세히 들여다보면 아름다운 꽃잎 가운데 한 남자가 누워있습니다.

그는, 사람의 몸을 가지고 있지만 얼굴은 부처의 것입니다.

화가는 누구든 마음을 닦으면 부처가 될 수 있다고 믿습니다.

그림을 그리는 과정이 치유의 경계를 넘어서는 이유가 여기에 있습니다. 수없이 많은 선을 반복해서 이미지를 만드는 것은 마음을 닦는 일과 연결되어 있습니다.

화가는 지켜보는 일을 즐깁니다.

스스로 낯선 사람, 낯선 장소에 적응하는 일이 어색하다는 그녀는 그 낯섦 때문에 지켜보는 일을 잘 한다고 말합니다.

지켜본다는 일은 자신에게 일종의 안식처를 제공하는 통로와 같습니다.

어릴 때부터 높은 곳을 찾아다니는 버릇을 가진 화가는 옥상이나 제일 위층의 공간을 즐겨 찾았습니다. 그러한 장소는 자신이 좋아하는 하늘과 좀 더 가까이 있을 수 있는 곳이기도 하지만, 스스로 속해져 있는 복잡한 곳으로부터의 단절을 의미하기도 합니다.

그렇게 스스로 단절시켜놓고 자신은 그것을 즐깁니다. 단절된 곳에서 편안함을 느끼기 때문입니다. 요즘도 화가는 높은 곳에 올라 아래를 내려다보는 일을 좋아합니다.

스스로 만들어낸 단절이라는 공간 속에서 자신이 속했던 세상을 바라보는 것은, 스스로에게 한편의 책을 읽는 의미처럼 여겨지기 때문입니다.

화가가 고요히 화폭에 나타내고자 하는 그림의 느낌과, 스스로 만든 '단절'의 공간은 어딘가 깊게 닮아있습니다.

그래서 화가의 그림에는 한없는 고요함과 평온함이 깃들어 있습니다. 누구의 방해도 없는 고적함이 있습니다. 그런 실제적 공간과 자신의 마음 공간이 함께 어우러진 그녀의 그림은 보는 이에게 치유를 선사하고 있습니다.

'어떤 한순간
깨치듯 알게 되는 무엇이 있다.

고요히 자기 자신을 지켜보다 보면
저절로 알게 되는 무엇이 있다.

그랬었구나.
그래서 그랬던 거구나.

잠에서 깨어난 아침,
고요 속에서 문득 알게 되는 무엇이 있다.'

무제 목탄 21 X 29cm 2017年作

" 나 자신의
가장 순수한 부분을 담는
그릇이 그림이다 "

화가의 말 .... 장준영

  나방이 불빛을 쫓는 이유는 달빛으로 착각해서라고 한다. 달빛은 옛 날부터 나방들에게, 길을 알려주는 나침반과 같은 역할을 해주었다고 한다. 그리고 여기, 길을 잃은 한 마리 나방이 있다. 달을 좇아서 꿈을 꾸어야 할, 한 마리 나방이 있다. 하지만 여기 차가운 머리를 찧는 나방 이 있다. 달을 못 찾은, 꿈을 못 꾸는 한 마리 나방이 있다.

* * *

연　필

― 장준영

흑심으로 너를 그린다
이 흑심은
새까맣게 탄 흔적이다
순색의 여백 채워가는
때 묻은 중심이다

하이얀 여백에
그 흔적 겹치고 겹쳐서
다시 너를 상상한다
다시 너를 그린다
까맣게 까맣게 쌓아서
너를 그리운다.

시를 쓰는 화가, 장준영의 그림은 제목이 늘 무제입니다.

타인이 자신의 그림을 감상하면서 그 어떤 선입견도 없이, 오로지 그림 그 자체만을 감상하길 바라는 마음에서, 화가는 작품에 어떤 이름도 붙여주지 않습니다.

"제 그림을 보면 다들 괴로움을 떠올린다고 합니다. 그 괴로움이 어떤 것이든, 제목으로 인해 괴로움의 크기나 부피를 구분 짓게 하고 싶지 않습니다. 누구나 자신만의 시선으로 그림을 봐주었으면 하는 생각입니다."

많은 사람이 그의 그림을 괴로움에 대한 표현으로 받아들인다고 하지만, 정작 화가는 그날그날의 감정을 토대로 그림을 구상합니다. 때로는 괴로움이기도 하겠지만, 때로는 즐거움이나 기쁨을 그리기도 합니다.

얼마 전 화가는 시인으로 등단했습니다.
화가가 시와 그림에 대해 관심을 가지게 된 건, 군에 입대하고 나서의 일입니다.
훈련이 없는 시간, 혼자 책을 읽다 문득 글을 쓰고 그림을 그리게 되었습니다.

그때 그렸던 그림과 썼던 시들이, 이전의 그의 삶과는 다른 모습으로 세상을 접하게 만들었습니다. 여태 살아오면서, 그렇게 진지하게 무엇에 임한 건 정말 처음입니다.

시를 쓰고 그림을 그리며, 자신을 진지하게 인식하기 시작했습니다. 화가의 그림이 괴로움의 느낌으로 와 닿는 이유가 거기 있는지 모르겠습니다.

'오래전
내 살던 옛집을 찾아가는 일
창가에 기대 한숨을 쉬고
비 내리는 길가에 눈물을 쏟았던
그 과거를 향하여 나를 세워두는 일
웃음도 웃었겠지.
기쁨의 노래도 불렀겠지.
하지만 아프고 쓰리고 고통스러웠던
그 긴 한숨만이 남아있다
오래오래
길에 차를 세우고
차창 너머로 그 집의 창을 기웃대며
과거의 나를 들여다보다
오래도록 가슴에 품었던

그리움과 회한과

이젠 자취도 없어진 내 그림자와

함께 돌아오다

잊어버린 오래전 내 집의 이름

무제'

Mockingbird라는 새가 있다. 이 새는 다른 새의 울음소리를 흉내 내는 것으로 유명하다. 우리는 가끔 Mockingbird처럼 남의 생각과 말을 흉내 내는 사람들을 만난다. 제발 거울 앞에서 그 모습을 발견하지 않기를 바랄 뿐이다…

Continuity of Grief 2 and 3 Digitalimage image(Mixedmedia) 54 X 36cm 2017年作

" 나에게 작업은
어둠의 놀이 **"**

화가의 말 .... 림유

작업은… 제게… 어둠의 놀이가 아닐까 싶어요. 지금 현재로선.

　나 자신을 쏟아내고, 계속 모습을 바꾸어가면서 얼굴색을 변화시키는, 그런 과정이자 놀이.

　마치 어릴 적에 아이들이 놀이를 하는 것처럼. 어떤 상황이나 사물이 주어지고, 계속 즉흥적으로 이야기를 꾸며 나가면서, 연결되는 듯하면서도 끊어지고, 또다시 시작되고.

　제 작업은 그런 놀이와 같아요.

　　　　　　　　＊＊＊

생은 경련이었고 고통이었습니다.

화가는 말합니다.

측정할 길이 없는 나락으로 떨어지며, 지긋지긋하게 구원을 말하던 한때가 있었다고.

그림은 그때의 광경이고, 또한 지금까지 감수하고 있는 고통이자 환희라고 털어놓습니다.

이제는 고독한 섬광처럼 스쳐 지나고 말았지만, 고통과 슬픔의 흔적은 여전히 모세혈관에 기록되고 있습니다.

떠난 어떤 이의 길은 어떠했을까, 그가 들어섰던 그 길은 이미 무너

졌는데, 이제 와 생각하면 그 역시 상처 입고 거리를 떠돌며 고통 받지 않았을까, 화가는 자신을 떠난 그에게조차 연민을 보냅니다.

화가는 스스로 입은 상처 때문에 죽음을 선언한 곳에서, 반복적으로 맴도는 생각 속에만 갇혀 시간을 보냈습니다. 하지만 그림 속에서 화가는 희망을 보았습니다.

자신이 만들어 내는 조화에 매일매일 놀라며 그림을 더욱 사랑하게 되었습니다. 스스로 아물어 가는 상처를 들여다보며, 자신의 삶조차 한 걸음 떨어져 지켜볼 수 있었던 건, 대단한 경험이었다고 회고합니다.

한 걸음 떨어진 그 간극이, 스스로 숨 쉴 수 있는 공기를 가져다주었습니다. 그림을 보면 여전히 피를 흘리는 자신의 모습이 보이지만, 이미 그림은 그것조차 싸안고 세상으로 나와 버렸습니다.

화가의 그림은 어떤 시절 겪어냈던, 밤의 고통의 흔적들입니다.
또한 어느 시간의 파편들이기도 합니다.

그녀의 그림은 즉흥적이고, 우연적인 움직임, 수많은 겹침과 흩어지는 터칭과 리터칭, 몇 번의 덧씌워짐을 통하여, 그녀가 벼랑까지 내몰린 순간에 만들어진 작품입니다.

고통의 흔적은 다양한 방식으로, 활자, 스케치, 선 등등 그저 낙서처럼 이어져 있습니다. 이것들을 한데 묶어, 한곳에 모아두는 작업이 화가에게는 치유의 과정이 되었습니다.

'혼자 바라보는 일은
너무 허망하고도 허망한 일.
처음부터 없었던 일이야.
그렇게 생각하기로 한다.

어찌 보면 그건 사랑이 아니었어.
객기나 호기였을 뿐.
잘 가라.
나의 꿈이여.
소망이여.

이제 너에게 이별을 고하노라.
너를 잊노니….
이제 나를 아는 척 말라.
나는 이제 너를 보낸다.'

──── ··· 회상 9 ··· ────

비가 내리고 너는 오지 않고 바람이 불고 너는 오지 않는다. 비에 젖
어 바닥을 뒹구는 나뭇잎처럼 술에 젖어 지옥을 헤매는 저녁. 비바람쯤
에 쓸어 보내지 못할 연정 따윈 품지도 말아, 마음에서 꺼내 쏟아내지도
말아, 모든 건 지나면 그뿐 돌아보지도 말아, 사랑은 사랑일 때만 존재하
는 여울. 해가 지고 어둠이 짙어지면 내 사랑도 저물어 지옥으로 간다.

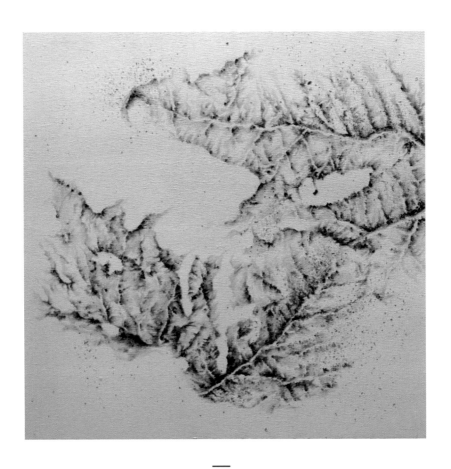

흔적 mixing materials   53 X 53cm   2014年作

" 살아가면서
자연스럽게
얻어지는 흔적 "

화가의 말 .... 김나양

　낙엽 속에서 보이는 수많은 여러 선들의 움직임은 내 안에서 느끼는 고민과 고통, 침묵의 표현이다. 하지만 그것은 또 다른 세계와의 연결이자 치유의 형태로 이어져 하나의 삶으로 나타난다. 내가 느끼는 두려움이나 고통, 그리고 그것을 치유해 나가는 과정들이, 나에게는 특별히 사건으로나 혹은 어떠한 의미로 있는 것이 아니다. 그냥 살아가면서 자연스럽게 얻어지는 흔적과 같은 것이다. 그 흔적 안에는 다양한 감정의 뒤섞임이 존재하며, 그러한 흔적의 남겨짐들은 사방으로 퍼져 나가는 재灰 속에서 발견할 수 있다.

* * *

화가는 걷는 일을 좋아합니다.

걷다 보면 거리에 쌓인 낙엽을 만날 때가 있습니다. 어떤 날은 걸음을 멈추고 쌓여있는 낙엽 중 하나를 주워듭니다. 그리고 자세히 그 속을 들여다봅니다.

처음엔 푸른 잎이었을 그것들을 주워 자세히 들여다보고 있자면, 가끔 자신의 삶이 투영돼 보이기도 합니다.

시간의 흐름 앞에 푸른 나뭇잎이 마른 나뭇잎으로 되는 과정, 화가는 그것을 삶에 대입합니다.

계절의 변화에 민감하게 반응하여 나뭇잎 스스로 본연의 색을 변화시키는 모습, 시간이 지남에 따라 나뭇잎의 수분이 빠져나가 건조되어 가는 그 과정들이, 우리 사람의 삶과 많이 닮아있기 때문입니다.

나뭇잎 한 잎 한 잎엔 그 나름의 역사가 깃들어 있어, 화가는 그 흔적을 그림으로 담고 있는지도 모르겠습니다.

나뭇잎을 들여다보면 삶의 기록처럼 자잘한 실선이 펼쳐져 있습니다. 화가는 그 실선들이 다양한 감정들의 얽힘으로 느껴진다고 합니다.
그것을 보고 있을 때면 화가는 때때로 복잡한 심경이 됩니다. 감정들이 얽혀서 서로 상처 입는 것까지 화가의 눈에 읽히기 때문입니다.

낙엽 속에서 보이는 수많은 선들의 움직임은 자신 안에서 느끼는 고민과 고통, 침묵이 재현되면서, 그것은 또 다른 세계로의 연결이자 치유가 되어 우리에게 하나의 삶으로 나타난다고 믿습니다.

화가는 마른 나뭇잎의 바스락거리는 소리와, 여러 형태를 띠며 쌓여 있는 잎들의 형태를 통해, 삶과 연관된 다양한 모습의 감정들을 구상해 보고 싶었습니다.
화가는 자신이 낙엽을 그리는 과정에서 삶의 시작을 느끼고, 낙엽을 태우는 과정에서 삶의 끝을 바라보곤 합니다.

화가 자신이 느끼는 두려움이나 고통, 그리고 치유해 나가는 이 과정들이 자신에게 특별한 의미를 가지는 건 아닙니다. 그것은 그냥 살아지면서, 자연스럽게 얻어지는 흔적과 같은 것이기 때문입니다.

푸른 나뭇잎이 낙엽으로 변하는 시간의 과정들을 화가는 삶이라 부르고 싶습니다.

'꽃이 피고 지듯
어차피 삶이란
잃고 또 얻는 것.

빈자리엔 언젠가
무엇이든 피어난다.

어느 비 내린 날 처참히
어지럽게 떨어질지라도
피어있는 동안 더 없이 고결하게
누군가에게 기쁨으로 남아주기

시간이 지나면 감정도 변하고
그리움도 변하고 열정도 변하고

시간이 지나면
시간이 지나면

어떤 것은 변해서 슬프고
어떤 것은 변하지 않아서 슬프다

언젠가 그 슬픔도 변하겠지만
어쩌면 변하지 않아 더 슬픈 슬픔도 있지

어차피 피고 지는 꽃일 밖에야
언젠가 내동댕이쳐질 꽃잎일 밖에야
마음껏 아름다움을 뽐내며
찬란하게 피어있기.'

여기 적힌, 당신들의 이름에게

흠씬 연애를 한 기분이다.

당신들과 만나는 동안, 밥을 먹을 수 없었고 잠을 잘 수 없었다. 당신의 울음은 자꾸만 내 숟가락을 두드리고, 낭떠러지 앞의 당신은 자꾸만 나를 불러 세웠다.

마치 전생에 버리고 온 딸이, 몰래 낳아 숨겨 놓은 아들이 나를 찾아 온 것 같았다. 맨발로 뛰어나가 당신들을 치마에 감싸 안고 내 따뜻한 온돌방에 데려와 눕혔다.

어떤 날은 사랑을 잃은 당신과 낭떠러지를 배회하고, 어떤 날은 엄마 잃은 당신을 업고 거리를 쏘다녔다.

　세상은 너무 메말라서 당신의 울음으로 적셔지진 않아. 토닥토닥 당신을 달래도, 울음은 그쳐지지 않는다. 그래 그럼, 마음껏 울어요. 감춰놨던 것들이 모두 눈물이 되도록, 더 많이 울고, 더 많이 쏟아내요. 치마를 풀어 당신을 닦고 또 닦았다.
　그렇게 당신들은 내 모세혈관을 타고 오롯이 내 안으로 흘러 들어왔다.
　그렇게 들어온 당신들이 문득 앞에 쏟아놓은 내 과거, 매몰차게 헤어진 첫사랑, 겨우 30일 곁에 머물다 가버린 강아지 엠보, 살갑지 않던 어린 시절의 내 엄마, 그리고 아버지 첫 기일, 제삿술을 사러 갔다 결국 못 사고 가게 앞에 서서 울던 서른다섯 살의 나.

　눈을 뜨면 그들이 내 앞에 서 있었다. 첫사랑 남자도, 죽은 엠보도, 울고 있는 서른다섯 살 여자도, 그저 말없이 나를 따라다니기만 했다. 모른 척 돌아서 달아나도 어느새 내 앞에 불쑥 고개를 내밀었다.

듣고 싶은 말이 있어요. 어느 날 첫사랑이 다가와 손을 잡았다. 나는 그와 나란히 옛날의 그 길을 걷는다. 그가 어떤 말을 기다리는지 알 것 같았다. 그때 미처 내가 하지 못한 말.

미안했어요. 그땐 겨우 스무 살이었어요. 그때 그 순간처럼 첫사랑이 울고 있었다. 그러니 이해해주세요. 제발 진심이 가 닿기를 빌며 내가 말했다. 한참을 걷다 그가 어디선가 걸음을 멈추었다.

어떻게 헤어져야 하는지 몰랐다고, 너무 어렸다고, 그래서 상처를 준 줄 몰랐다고. 스무 살 그가 내게 고개를 끄덕여 주었다. 그리고 스르르 손을 놓았다.

이제 그는 떠날 준비가 된 모양이었다. 그의 뒷모습이 사라질 때까지 오래오래 지켜보았다. 그렇게 다시 이별했다.

나는 다시 서른다섯 살의 나와 만난다. 그녀는 아직도 울고 있었다.

아버지 가신 지 1년이 지나 있었지만 그때의 나는 인정할 수 없었다. 제삿술이라니, 아버지 제사상에 올릴 술을 사야 한다니.

아버지의 죽음이 당신 잘못은 아니잖아요. 울고 서 있는 서른다섯 살, 내 어깨를 내가 다독인다. 울지 마요, 당신이 울면 아버지가 더 아플 거예요. 이제 놓아드려요. 많이 사랑하고 많이 아팠으니까 이제 보내드려요. 괜찮아요. 그러니…….

들썩이는 어깨를 안고 눈물을 닦아 주었다.

모두 당신 덕분이다. 당신이 없었다면 나는 과거란 시간의 더께 아래로 사라져 가는, 다시는 되돌려 볼 수 없는, 부서진 꽃잎으로 여기며 살았을지도 모른다.

당신 덕분에 내 안의 그들을 홀가분히 놓아줄 수 있었다.

그들이 스스로 내게 머문 게 아니란 걸, 안간힘을 쓰며 그들을 붙들고 있었던 건 바로 나였다는 걸, 당신이 알려주었다.

* * *

　인터뷰를 끝내고, 가슴에서 이야기가 발효되는 동안 아무것도 할 수가 없었다.

　아팠다. 내가 당신의 엄마 같아서, 내가 당신의 애인 같아서, 절벽 앞으로 몰아세운 사람이 바로 나 같아서. 그래서 안아주고 싶었다. 미안해, 내가 다 잘못했어. 그러니까, 제발 이제 다 놓아주기로 하자. 그렇게 말하고 돌아서 울었다. 당신에게 미안해서, 당신의 아픔에게 내가 너무 미안해서.

　　　　　　　　　　　　　　　　　　　　　　　　　에필로그

감정에 빠져들어 숨조차 쉬기 힘든 날엔, 뛰어나가 밤을 달렸다.
그렇게 달리다 보면 과거로 돌아가는 길이 보일 것만 같았다.

달려서 가 볼 수 있다면, 내 어린 시절과 만날 수 있다면, 사과를 하고
싶었다. 용서를 빌고 싶었다. 아무 의식도 없이 누군가에게 남겼을 아
픔, 누군가에게 입혔을 상처를 용서받고 싶었다.

하지만 아무리 달려도 과거로 돌아가는 길은 없었다.

영화는 끝났다.
객석에 훤히 불이 켜졌지만 나는 일어설 수가 없다. 아직도 당신이
내 가슴속을 걸어 다니고 있어서, 아직도 당신이 내 귓전에 노래하고
있어서, 일어서면 당신의 걸음이 멈춰질까 노래가 끊어질까 조심조심
가슴을 낮춘다.

아직 당신과 나의 연애는 끝나지 않았다. 나는 끝낼 수가 없다.

우리의 연애는 현재 진행형이다.
그러니 당신, 이제 아파하지 마.

제 몫의 삶은 반드시, 혼자 견뎌내야 할 이유가 있다고 한다.
지금 난 당신에게 위로가 되겠다고 말하지만, 내 위로가 당신에게 진정한 위로가 되지 않는다는 것을 안다. 진정한 위로는, 자신이 스스로에게 해주어야만 하는 것.

그러니, 기억해 줘.
내가 이렇게 멀찍이 당신을 향해 팔 벌리고 서 있다는 걸
언제든 달려와 안기면 된다는 것을
꼭 기억해 줘.

2017년 7월. 당신의 열정처럼 뜨거운 여름 햇살 아래서 쓰다.

에필로그

—

'꽃은 피고 꽃은 진다. 그리고 또다시 꽃은 피어난다. 하지만 속단하여 기뻐할 일은 아니다. 새로 만개하는 그 꽃이 그때 시들어간 그 꽃은 아니므로. 우리는 우리의 이름을 걸고 그렇게 단 한 번 화들짝 피어날 뿐이다.'

l EZMONSTER

2017 'WHERE I BRING THEM TO' 개인전 카페 비단콤마

2017 뉴드로잉 프로젝트 단체전 우수상 양주시립 장욱진 미술관

2015 파리 국경 없는 미술관 레지던시 단체전

2015 거리미술전 단체전 홍대

2014 개인전 서울 영동중학교

2014 눈 단체전 수원 대안공간

 I SUNNY OH

2017 5th BAFBuddha Art Festival참여

2016 '美末 : 佛'展 법련사 불일미술관

2015 '韓, 佛, 龍'展 日本愛知縣北名古屋市平田事本堂

2014 '觀音_나를 보고 너를 듣는다'展 갤러리 M

2013 '가득찬 비움'展 갤러리 M

그 외 다수

 I Vang Sohn

2017 "돌-보기" 개인전 갤러리 라메르

2016 "돌-보기" 개인전 갤러리 하이

2016 "Korean wunderkammer" Fondazione Luciana Matalon

2016 "아시아현대미술청년작가전" 세종문화회관 미술관

2016 아시아 컨템포러리 아트쇼 Conrad 홍콩

2016 서울오픈아트페어SOAF 삼성역 코엑스

2016 월드 아트 두바이 두바이 트레이드 센터

 | 김경인

가천대학교 산업디자인학과

2017 김경인展 스페이스 팝

2017 한국청년작가展 인사동 경인미술관

2017 한국예술인展 경복궁 메트로미술관

2017 'Beyond the sight' 뉴욕 K&P Gallery

 | 김나양

서울여자대학교 서양화과 졸업

2017 한국청년작가展 인사동 경인미술관

2017 일러스트레이션 기획전 '일상속의 이야기들' 갤러리 art&space312

2016 KOREA YOUNG ARTIST전 갤러리엠

2015 제13회 대한민국아카데미 미술대전 서울시립경희궁 미술관

2015 제13회 신진작가 발언전: 천하제일 미술대회

본 전시 갤러리 미술세계, 순회 전시 임립미술관

그 외 다수

프로필

 | 김미경

성신여대 대학원 서양화과

개인전 1회

단체전 3회 등 다수

 | 김승현

용인대학교

2017 한국예술인展 작가선정 경복궁 메트로미술관

 ┃ 김용호

2017 메이앤 가구 아카데미 13기 수료

2017 '이야기가 있는 가구전, 매일매일 목요일' 인사동 경인미술관

2017 책방 연희 나무 소품 전시 '나는 글과 나무를 짓습니다'

 ┃ 김지은

SDU 회화과, 서울

서원대학교 법학과, 청주

2017 광화문국제아트페스티벌 아시아현대미술청년작가공모전

세종문화회관

프로필

❙ 김태영

협성대학교 시각디자인학과 졸업

개인전 3회

단체전 4회 등 다수

❙ 남서희

동국대학교 미술학부

단체전 1회

신라미술대전 입선

대구시전 특선 등 다수

 | 문희

성신여자대학교 미술대학 졸업

2016 제1회 개인展 행궁길 갤러리, 경기

2016 꿈과 마주치다전 갤러리 일호, 서울

2016 행복에세이전 대안공간 눈, 경기

2015 현대회화의 방향전 수원미술관, 경기

2014 헬로우문래 아트캠페인전 문래창작촌, 서울

2014 Hi Artist전 가나인사아트센터, 서울

2013 공모선정 청년작가전 평화화랑, 서울

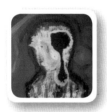 | 림유

Art Yellow Book #3 group Exhibition Cica Museum

Art Yellow Book #3 Publication 출판 등 다수

 | 박예진

2017 우수작가展 인사동 경인미술관

서울일러스트레이션SIF 2015 작품전 삼성역 COEX

A PIECE IN TIME 작품전, 미국 뉴욕 SPACEWOMb Gallery

 | 박필준

건국대학교 글로컬 시각광고디자인학과 재학

평범한 영웅 & 평범한 작가들 전시회 등 다수

 | 손묵광

사진작가

아시아 포토포럼 운영위원

DAF국제아트페어운영위원

개인전 26회

단체기획전 200여 회

DAF국제아트페어우수작가상

수림문화재단 전문작가상

법난미술공모전 우수상

개천예술제 최우수상

동아국제살롱

단원미술제

부산미전 등 국내외 공모전 200여 회 입상

 | 엄진아

홍익대학교 미술대학원 동양화과 석사졸업

추계예술대학교 동양화과 졸업.

개인전

2015 "마음-들여다보다" IF Gallery, 강남 파이넨스 센터

아트페어

2017 아시아프 ASYAAF 선정작가

2015 Artexpo NewYork 기획초대전

　　　711 12th Avenue NewYork, NY 10019, New York-Gallery Zhang주최

2008 HIGSA2008 홍익대 미술대학원 16BOX전 조선일보 미술관, 서울

Group Exhibition

2017 마음, 놓아주다展 / 경인미술관, 서울

2014 영화 "피끓는 청춘" 담소필름 Intro 동양화작업 /2014,1월22일
　　　개봉

2013 "즐거운 그림읽기"展 / 예술의전당, 갤러리7

전시 외 다수.

| 이성빈

선화예중, 선화예고 졸업

동국대학교 한국화 전공 졸업

2017 우수작가展 인사동 경인미술관

2017 한국청년작가展 인사동 경인미술관

2017 한국예술인展 경복궁 메트로미술관

| 안소영

홍익대 미술대학 판화전공

'나와 다른 나' 개인전 온리 갤러리

'호야의 꿈' 단체전 공공미술 프리즘

100인의 일러스트 릴레이전 맥갤러리

프로필

 | 장준영

작가 및 시인

2017 우수작가展 인사동 경인미술관

 | 정현동

홍익대학교 미술대학원 재학

대진대학교 회화과 졸업

2017 모던아트쇼展 예술의전당

2016 공감, 여정展 아뜨리애

 | 조미연

국민대학교 2018 졸업 예정

2017 궁지에 몰리다展 국민아트갤러리

Mayfly XIll 강남구청역사내 다이소 갤러리 전시

 | 주환선

2017 "한국예술인전" 단체전 경복궁 메트로미술관

2017 "한국청년작가전" 단체전 인사동 경인미술관

2016 "그림展" 기획전 방배동 커피쿨러

2016 "Csome" 단체전 신사동 갤러리크랑데

2014 "면展" 아이노온라인갤러리

2012 "HOTist" 그룹전 평창동 그림안 갤러리

2011 "THE Wave" 개인전 일본 도쿄 디자인페스타갤러리

| 조보경

이화여자대학교 대학원 조형예술학부 졸업

이화여자대학교 미술학부 졸업

2017 서울 모던 아트쇼 예술의 전당

2017 월드아트 두바이 두바이

2017 리옹 art3f 아트페어 리옹, 프랑스

2017 아시아 컨템포러리 아트쇼 콘라드, 홍콩

2017 présente une exposition collective BDMC 갤러리, 프랑스

2015 서울 아트쇼 삼성역 코엑스

2015 아시아 현대미술 청년 작가전 세종문화회관

2014. 기독교 미술대전 밀알 미술관

2012. ARCHIVE 서울대 우석홀

2009. 신진작가 발굴전 조각전문갤러리 CUBE SPACE 등 단체전 17회

 | 카나

한국예술종합학교 미술원조형예술과 졸업

2017 BUTTERFLY EFFECT 예술의전당 한가람디자인미술 등 개인전 6회

2016 한예종 '미술원 개원 20주년' 기념전 소격동 아트선재센터

2016 어포더블 아트 페어 미국 뉴욕 첼시 Metropolitan Pavilion

2016 서울 미술대전 수상 작품전 서울시립 경희궁미술관

2016 아시아프 & 히든 아티스트 페스티벌 동대문디자인플라자 DDP

2012 단원 미술제 수상 작품전 단원 미술관 등 단체전 8회 외 다수

2016 서울 미술대전 입상

2012 단원 미술제 입상

2012 대한민국 정수 미술대전 입상

2011 경기 미술대전 입상

 | 호정

이화여자대학교 조형예술대학 패션디자인 학사

2017 대한민국 한지대전 입상

2017 단체전 미.소.전 art247 gallery

2017 GAGA Eiffel Tower Effect 2017 선정

    : 개인전 'Promenade'_GAGA gallery

2016 제3회 서울 국제 일러스트레이션 공모전 입상

2016 ART-236 프로젝트 입상 호텔 playce 제주

 **| 환희**

단국대학교 동양화과 학사

2017 환희 展 인천 Café Dellavita

2017 환희 展 부산 Café Doohall

2017 환희정원展 경기 광명 청림갤러리

2017 한국예술인展 경복궁 서울메트로미술관

2017 더높이날아展 철암탄광역사촌 아트하우스

2012 대학별 우수 졸업작품 초대展 서울 인사아트센터

2013 Daylight展 석주선기념박물관

신진작가상 2012 대학별 우수 졸업작품 초대전 인사아트센터

'마음 놓아주기'를 통해 상처를 치유하고
행복과 긍정의 에너지를 채우시길 기원드립니다!

권선복
도서출판 행복에너지 대표이사
영상고등학교 운영위원장

누구나 하나쯤은 마음속에 상처를 떠안은 채로 살아갑니다. 그래서 요즘을 살아가는 현대인들은 삶에서 가장 중요한 키워드를 '힐링 Healing'이라고 꼽는지도 모릅니다. '힐링'이란 '치료', '치유'의 뜻을 가지고 있는 영어 단어로서, 몇 년 전 웰빙Well-being 바람을 타고 우리의 삶 속에 스며든 하나의 단어가 되었습니다. 이 힐링은 단순히 몸의 치료를 의미하는 것이 아닙니다. 트라우마처럼 남아버린 가슴속 상처,

혹은 아픈 기억들을 훌훌 털어버리는 것을 의미합니다. 즉, 심적心的인 치유라고 할 수 있습니다.

이 책『마음아, 이제 놓아줄게』에는 '마음, 놓아주다' 전시회 공모에서 선정된 스물일곱 예술가들의 이야기와 그림이 담겨 있습니다. 그들은 모두 '마음을 놓아줌'으로써 내면의 아픔과 상처를 승화시킨 사람들입니다. 저자는 공모에 당선된 스물일곱 예술가들을 직접 인터뷰하고 이 책을 집필하면서, 그들의 용기에 힘입어 자신의 마음도 놓아주고 있습니다. 아직 놓아주지 못한 과거의 기억들을 이 기회에 끄집어내었고, 또 스스로의 마음을 놓아주며 아픈 상처를 훌훌 털어버렸습니다. 이 책은 우리가 어떻게 마음을 놓아야 하는지, 어떻게 상처를 치유해야 하는지 여러 이야기들을 통해 알려줍니다.

모두에게는 아직까지 털어버리지 못한, 털어낼 준비가 되지 않은 상처가 있을 것입니다. 잠시 과거로 돌아가 그때의 나를 마주해 봅니다. 아직까지 단단하게 손을 붙잡고 있다면, 이 책을 통해서 조금씩 놓는 연습을 해 보는 것입니다. 그런 과정을 반복하다 보면 언젠가는 우리도 마음을 놓아주고, 또 상처에서 자유로워질 수 있을 것입니다. 이 책을 읽는 모든 분들이 홀가분하게 마음을 놓아줄 수 있길 바라며, 행복과 긍정의 에너지가 팡팡팡 샘솟으시기를 기원드립니다.

부산은 따뜻하다

반극동 지음 | 값 15,000원

책 『부산은 따뜻하다』는 한국철도공사 부산경남본부 반극동 전기처장이 알려주는 '인생열차 이용 안내서'이다. 철도인생을 마무리하는 3년간 부산에서 근무하며 노력한 저자의 경험을 담았다. "딸랑딸랑"하며 가족, 직원, 조직에서 원만한 인간관계를 유지하고 맡은 업무에 충실하기 위한 노하우를 알려준다. 또한 저자의 직장생활 35년 노하우를 담은 부록 '직장생활 이렇게 하면 달인이 된다'로 직장인의 바람직한 자세의 핵심을 담았다.

시가 있는 아침

홍기오 외 40인 지음 | 값 15,000원

책 『시가 있는 아침』은 지난 2016년 11월에 이은 2집으로, 이전보다 더 풍성해진 시편들과 이야기가 공존하는 시집이다. 전문 작가도, 시에 대한 전문적인 교육을 받은 것도 아닌 우리와 비슷한 평범한 사람들이 자신의 이야기를 진솔하게 전하고 있다. 작가 개개인마다의 특색과 향기를 고스란히 담은 문장들이 때로는 가슴을 울리기도 하고 때로는 미소를 짓게 만들기도 하며 시를 읽는 즐거움을 선사한다.

공무원 33년의 이야기

구본수 지음 | 값 15,000원

책 『공무원 33년의 이야기』는 한 세대, 즉 30년이 넘는 시간 동안 공무원이라는 길을 걸어 온 한 전직 공무원의 삶과 일선 행정에 대한 내용을 담고 있다. 그저 평범한 일상으로, 또는 늘 되풀이되는 하루하루라고 쉽게 넘겨버릴 수도 있었던 일들을 활자화함으로써 삶에 숨과 생기를 불어넣고 의미를 부여하고자 했다. 33년이라는 시간을 공직자로 살아 온 저자의 생생한 이야기는 공무원을 준비하는 이들뿐만 아니라 이처럼 사회 일원으로서 열심히 살아가고 있는 모든 사람들에게 깊은 울림을 준다.

기적의 인공지능 AI 일자리혁명

박병윤 지음 | 값 15,000원

책 『기적의 인공지능(AI) 일자리혁명』은 급증하는 실업률로 인해 한국 경제의 불황을 타개할 방향을 제시한다. 빅 데이터, 딥 러닝, 알고리즘을 통해 구직희망자 개개인에 맞춘 맞춤형 일자리 매칭으로 전 국민 완전 취업이라는 원대한 목표를 이룰 도구인 인공지능의 가능성을 소개한다. 세계적인 경제정책의 성공사례와 그 이면의 원인을 날카롭게 분석한 저자의 제안은 한국 경제의 혁명을 일으킬 도화선이 될 것이다

갤러리 램번트 주최
마음, 놓아주다 전시회에 초대합니다.

경인미술관
제 2전시관 1,2층

2017년 7월 12일 – 18일
open 10:00am close 6:00pm

opening reception 7월 15일 (토) 1:00pm

**EZMONSTER 김경인 김나양 김미경
김승현 김용호 김지은 김태영
남서희 SUNNY OH 림유 문희 박예진
박필준 손묵광 안소영 엄진아 이성빈
장준영 정현동 조미연
Vang Sohn 조보경 주환선
카나 호정 환희**

2017

마음, 놓아주다 展